La Veuve la plus riche

Cor Charron

Published by Cor Charron, 2023.

This is a work of fiction. Similarities to real people, places, or events are entirely coincidental.

LA VEUVE LA PLUS RICHE

First edition. October 11, 2023.

Copyright © 2023 Cor Charron.

ISBN: 979-8223211211

Written by Cor Charron.

LA PLUS RICHE VEUVES Par HULBERT FOOTNER

1

Mme Storey était déterminée à ne pas être battue, même pas par la mer. Cependant, parfois, la mer renferme des secrets qui sont impossibles à découvrir.

Préface

Il y a des romans qui traversent le temps, défiant l'oubli et perdurant dans l'esprit des lecteurs pour les générations à venir. "The Richest Widows" de Hulbert Footner est indéniablement l'un de ces romans. Avec sa maîtrise de l'intrigue, son écriture captivante et ses personnages inoubliables, l'œuvre de cet auteur a conquis des lecteurs du monde entier.

Aujourd'hui, nous avons le privilège de présenter la première traduction en français de ce roman emblématique. Cette entreprise, bien que tardive, revêt une importance particulière. Elle permet à un nouveau public de découvrir le talent et la créativité de Hulbert Footner. Cette traduction ouvre les portes de l'univers fascinant de l'auteur, offrant à un public francophone la possibilité de s'immerger dans l'histoire de "The Richest Widows".

L'utilité de cette traduction ne réside pas seulement dans la transmission de l'intrigue, mais aussi dans l'exploration des thèmes intemporels et des nuances de caractères qui font la richesse de l'œuvre de Footner. À travers les pages de ce roman, vous découvrirez des héroïnes qui incarnent la force et la détermination, des intrigues captivantes qui défient les conventions de l'époque et une prose qui vous transportera dans le monde du début du XXe siècle.

Nous souhaitons remercier chaleureusement les lecteurs qui ont consacré leur temps et leur attention à cette traduction. C'est grâce à votre curiosité et à votre passion pour la littérature que cette œuvre a trouvé un nouveau souffle. Nous espérons que cette traduction vous enchantera autant que le texte original a charmé ses premiers lecteurs.

Nous vous invitons à plonger dans les pages de "The Richest Widows", à suivre les destins de ces veuves fortunées, à explorer les mystères qui les entourent, et à savourer chaque mot soigneusement choisi par Hulbert Footner. Bienvenue dans l'univers de l'auteur, désormais accessible à un public plus large, et bonne lecture.

CHAPITRE I. — LES VOLTIGEURS INTRIGANTS

Après toute l'excitation et la détresse de l'affaire du "Chemin Froid", qui s'est si mal terminée pour nous, ma patronne, Madame Storey, a décidé de s'offrir des vacances de deux mois à Paris et m'a demandé de l'accompagner. À ce moment-là, elle avait l'intention d'écrire ses mémoires et prévoyait de m'utiliser comme amanuensis. Comme il s'est avéré, nous avons immédiatement été pris dans un tourbillon d'événements à Paris, et aucun écrit n'a été produit. Cependant, c'est une autre histoire.

Elle a réservé des hébergements sur le Baratoria, son navire préféré. Conformément à sa coutume, nous étions enregistrés sous de faux noms, mais cette fois-ci cela ne lui a pas servi à grand-chose, car lors du tumulte d'un départ en milieu d'après-midi, une douzaine de personnes l'ont reconnue, et il s'est vite répandu dans tout le navire que la célèbre Mme. Storey était à bord.

Parmi les connaissances qu'elle a rencontrées se trouvait Mme. Hibbert Lacy, la veuve du magnat de la tôle, une dame qui avait fait sensation en ville depuis la mort de son mari dominateur. Mme. Lacy était une petite femme mince qui avait préservé sa silhouette mieux que son visage. Tout ce que les artistes de la beauté les plus coûteux avaient pu réaliser sur elle avait été fait, mais cela n'avait donné qu'un effet de "cornichon".

Cependant, elle semblait heureusement inconsciente de cela, et se posait en coquette sur tout le pont du bateau pour les photographes de presse. C'était une femme amusante à rencontrer socialement ; la conscience d'une grande richesse lui donnait au moins le courage d'être elle-même ; mais on ne sait jamais ce que l'on peut découvrir lorsque l'on gratte le vernis social.

Parmi son groupe de courtisans, nous avons été présentés à Miss Sigismonda Van Vliet, sa secrétaire ; Walter Lacy et Harold Lacy, ses neveux, cousins l'un de l'autre, et Ronald Mackworth, un jeune acteur anglais qui avait fait sensation à New York la saison précédente dans une pièce intitulée "Over the Fence Is Out". Il ne savait pas jouer, mais il avait un sourire révélant des dents blanches dans un visage bronzé que aucune femme ne pouvait résister. Il avait une bonne trentaine d'années de moins que Mme. Lacy.

La veuve la plus riche avait crié de joie en voyant Mme. Storey. C'était son style. "Nous devons passer beaucoup de temps ensemble, Rosika !"

Ma patronne et moi avons partagé la plaisanterie avec des visages sérieux.

"Nous le devons vraiment !" a-t-elle dit à Mme. Lacy. "Je m'attendais à me plonger dans le travail en route, mais je suis toujours à votre service, Fanny."

"Ce n'est pas une question de commandement, chérie ! C'est le contraire. Je n'ai que de l'argent, mais vous avez de l'intelligence !"

"Je suis contente que quelqu'un le pense encore", a dit Mme. Storey, en pensant à notre dernière affaire avec une grimace.

"Vous devez me raconter toute l'histoire, chérie. Ce sera plus excitant qu'un roman."

Mme. Storey, qui ne parle jamais de ses affaires, a simplement souri.

Mme. Lacy nous a invités à dîner avec son groupe dans leur suite. Elle avait quelque chose de particulier à dire à Mme. Storey, a-t-elle dit. Il est difficile de trouver une excuse à bord d'un navire, et ma patronne a accepté pour nous. Comme elle l'a dit après que nous les avons quittés :

"De toute façon, ce sera plus amusant que de manger seules dans notre cabine. Si nous descendions au salon, nous serions regardées comme des bêtes curieuses."

Mme. Storey et moi avions des chambres communicantes à l'avant du pont B. Nulle part ailleurs sur terre on ne peut ressentir un tel luxe que sur un grand paquebot en mer. Alors que nous descendions la baie, et que le calme s'installait sur le navire, ces charmantes petites chambres remplies de fleurs, et les douces brises de mer qui soufflaient à travers les hublots ouverts me faisaient ronronner de bien-être. Je me réjouissais à l'idée de six jours de pur plaisir. Eh bien, cela ne s'est pas tout à fait passé comme ça.

Nous nous sommes habillées au mieux pour la fête. Mme. Storey, vêtue d'une des robes en velours simple suspendues par des points sur ses épaules qu'elle affectionne, avait un aspect royal. Mme. Lacy avait la suite impériale sur le pont B au milieu du navire. Vous entriez dans un magnifique salon où la table était dressée, et vous sortiez sur une véranda privée avec des fenêtres coulissantes donnant sur la mer. Cet endroit, rempli de palmiers et de plantes en fleurs, était parfaitement enchanteur.

Les cocktails étaient en circulation, et les langues se sont déliées.

Personne ne m'a prêté une attention particulière, ce dont j'étais contente, car cela me laissait libre d'utiliser mes yeux et mes oreilles sur les autres.

Parmi les sourires heureux et les bavardages insouciants, j'ai bientôt perçu une suggestion de tension, voire de plusieurs tensions. La spontanée Mme. Lacy ne cachait pas le fait qu'elle était complètement éprise du jeune acteur, et ses deux neveux, qui étaient censés être ses héritiers, craignaient que quelque chose de sérieux ne puisse en résulter.

D'un autre côté, Miss Van Vliet, la secrétaire sociale, était tombée amoureuse de Ronny Mackworth elle-même, et c'était amer pour elle de le perdre au profit de la vieille femme fortunée.

Quand nous sommes arrivés à la table ronde, Mme. Lacy, maintenant Mme. Storey d'un côté d'elle et Ronny de l'autre, a laissé le reste d'entre nous nous asseoir comme bon nous semblait. Mackworth était à côté de moi, un des cousins de l'autre côté ; puis Miss Van Vliet (qu'ils appelaient Sigi) à côté de lui, puis l'autre cousin, et ainsi de suite jusqu'à Mme. Storey. Il était parfaitement évident que Mme. Lacy et Ronny se tenaient la main sous la table. Tout le monde en avait conscience.

Ronny Mackworth était assez beau pour faire battre le cœur de n'importe quelle femme ; de plus, il semblait être intelligent, de bonne humeur et spirituel, sans être trop arrogant. Ses sentiments étaient plus difficiles à expliquer. Sa manière de se comporter envers elle était parfaite ; simple, affectueuse et humoristique. Il la taquinait et elle l'adorait pour ça.

Je ne pouvais que supposer que le glamour de cent millions de dollars l'avait vraiment convaincu qu'il était amoureux d'elle.

De telles choses se produisent. Il était bien connu que l'argent lui avait été légué en pleine propriété.

Je me souviens l'avoir entendu dire alors qu'il tenait son verre de champagne à la lumière et le regardait à travers : "C'est une amélioration par rapport à mon dernier voyage ! J'ai traversé en troisième classe à bord d'un vieux navire hollandais quand je cherchais un emploi."

"Eh bien, tu as mérité ça, Ronny," dit tendrement Mme. Lacy. "Tu n'auras plus jamais à connaître de telles privations !"

Mme. Storey a demandé aimablement, pour faire la conversation :

"Quels sont vos projets pour la prochaine saison, Ronny ?" Tout le monde l'appelait Ronny dès qu'ils le voyaient. C'était sa façon d'être avec les gens.

Mme. Lacy prit la parole pour lui. "Oh, il ne va plus jouer. Je ne pense pas que ce soit un bon métier pour un homme, n'est-ce pas ?"

"Cela dépend de son talent d'acteur", dit Mme. Storey en souriant.

"Ronny a montré ce qu'il sait faire", dit Mme. Lacy.

"Et maintenant, il est prêt à prendre sa retraite", intervint Sigi.

Mme. Lacy ignora cela. "Le monde du théâtre est rempli de trop de tentations", dit-elle.

"Ronny saura toujours veiller sur lui-même", dit Sigi avec son sourire dur comme des diamants.

Les yeux de Mme. Lacy étincelèrent, et Mme. Storey intervint à nouveau.

"Eh bien, si la comédie est exclue, qu'a-t-il l'intention de faire ?"

"Il devrait prendre le temps de regarder autour de lui d'abord", dit Mme. Lacy.

"Que diable, Fanny, tu ne peux pas laisser un gars répondre pour lui-même ?" grommela Ronny avec son sourire bon enfant.

"Oh, je suis désolée, chéri", dit-elle, en le flattant. "Un homme doit toujours être son propre maître."

"Eh bien, je ne sais pas ce que je vais faire", dit Ronny en souriant autour de la table. "Je veux me rendre utile d'une manière ou d'une autre..."

"Pourquoi ne pas vous mettre au tissage ?" suggéra Sigi.

Ronny prit cela avec un parfait bon humour. "Ah, Sigi, tu ne cesses de me taquiner ! Je ne peux pas m'empêcher de ne pas être aussi brillant que toi !"

Mme. Lacy était furieuse contre la jeune fille. "Il n'a pas besoin de travailler à quoi que ce soit si ça ne lui convient pas", dit-elle.

C'était plutôt direct, et une sorte de consternation s'abattit de l'autre côté de la table. Sigi se mordit la lèvre et baissa la tête, tandis que les deux Lacys devinrent verdâtres.

"Si je veux dépenser mon argent pour Ronny, qui peut m'en empêcher ?" continua Mme. Lacy. "C'est mon argent. Regardez-le ! N'en vaut-il pas la peine ?"

"Pour l'amour du ciel, Fanny", protesta Ronny en riant. "Ce n'est pas une question d'argent, j'espère."

"Bien sûr que non. Mais quand même, c'est une grande satisfaction pour moi de remplir vos poches et de vous dire d'aller le dépenser...C'est mieux que d'autres, que je pourrais mentionner." Elle jeta un regard aux jeunes hommes livides de l'autre côté de la table.

Ces deux jeunes hommes avaient été embauchés dans l'organisation de la tôle d'étain et avaient été renvoyés en raison de leur incapacité manifeste. Ils recevaient de généreuses allocations de la succession Lacy, mais toutes les écoles les plus chères, les domestiques et les vêtements les plus chers ne pouvaient pas leur conférer de grâce ou de style.

Harold, l'aîné, ressemblait à un nigaud bien habillé, tandis que le nez long de Wesley, avec une pointe tremblante, le faisait paraître raté. De tels jeunes hommes auraient détesté le beau et gracieux Ronny de toute façon, mais lorsque Ronny menaçait en plus leur héritage, leur haine devait atteindre presque le point de la folie. Aucun d'eux ne dit rien, mais leurs yeux brûlèrent quand ils le regardèrent.

"Vous vous souvenez de m'avoir dit que j'avais quelque chose à vous annoncer, Rosika", continua Mme. Lacy. "Eh bien, voici. Ronny et moi sommes mariés."

"Mar- mariés !" Nous avons tous exclamé avec des tons de stupeur.

Mme. Lacy était ravie de la sensation qu'elle avait créée. "Mariés, bien sûr", dit-elle en souriant. "Tous les bagages de Ronny ont été emportés dans ma chambre là-bas."

Un silence glacial s'est abattu sur nous. Je ne pouvais pas supporter de regarder les trois dont les espoirs avaient été si cruellement détruits. Les stewards sont passés autour de la table pour remplir les verres de champagne et se sont retirés. Il fallait dire quelque chose. Mme. Storey leva son verre.

"À la jeune mariée !"

Ils ont tous trinqué. Le vin a dû les étouffer presque. Sigi Van Vliet était livide sous son maquillage. Ces femmes dures et maîtrisées ont une terrible capacité à ressentir des émotions. Je la plaignais. Elle garda la tête haute.

"Quand cela s'est-il produit ?" demanda-t-elle, en souriant.

"Trois heures avant le départ du navire", dit Mme. Lacy. "Nous sommes allés à l'Hôtel de Ville et nous avons été mariés par un échevin. J'ai arrangé les choses de sorte que la nouvelle ne soit pas divulguée avant notre départ. Elle sera maintenant dans tout le pays."

Le silence nous menaçait à nouveau. Mme. Storey l'a évité en disant : "Tu es vraiment rusée, Fanny ! Imaginer faire sauter une mine sous nous de cette manière !"

"C'était la seule chose à faire", dit Mme. Lacy. "Pensez à la répugnante publicité si la nouvelle avait été divulguée avant notre départ !"

Harold Lacy, qui avait un visage comme un gros pudding de suif avec quelques irrégularités insignifiantes à sa surface et deux raisins qui dépassaient, bafouilla : "Je suis sûr que j'espère que vous serez heureuse, tante Fanny."

"Combien de fois vous ai-je dit de ne pas m'appeler comme ça", dit-elle d'un ton agacé. "Venir d'un homme de votre âge à moi, c'est ridicule. Supprimez le tante, s'il vous plaît, ou si vous préférez, appelez-moi Mme. Mackworth."

"Désolé", marmonna-t-il.

La colère fit paraître son cousin Wesley encore plus méchant et plus raté que jamais. "Félicitations", dit-il d'un ton traînant.

Mme. Lacy n'aima pas le son de cela, et entreprit de les faire obéir.

"Naturellement, mon mariage va changer considérablement la situation familiale", dit-elle en souriant de façon désagréable. "Mais je veux que vous et Harold sachiez que je continuerai à vous verser vos allocations. Et je vous laisserai suffisamment pour vous maintenir. Vous seriez malchanceux si vous dépendiez de vos propres ressources. Toujours à condition, bien sûr, que vous vous comportiez envers moi de manière amicale. Je ne suis pas obligée de vous laisser quoi que ce soit."

"C'était entendu..." commença Wesley, en tirant ses lèvres en arrière sur ses dents.

"Par qui ?" demanda Mme. Lacy.

"Après tout, Harold et moi sommes des Lacys."

"Et alors ? Avez-vous et Harold contribué à la fortune Lacy ? Ou l'ont fait vos pères avant vous ? Non ! Ils étaient tous deux des parasites de mon mari jusqu'à leur mort..."

Mme. Storey interrompit cette diatribe en posant une main sur le bras de Mme. Lacy.

"Il s'agit d'une affaire strictement familiale", murmura-t-elle. "Bella et moi allons nous retirer."

Mme. Lacy saisit son bras.

"Je ne le permettrai pas", dit-elle. "Laissez les hommes partir s'ils ne peuvent pas améliorer leurs manières."

Harold et Wesley se levèrent, s'inclinèrent d'une manière servile et s'en allèrent. Les épaules étroites de Wesley étaient tendues et courbées de colère.

Afin de clarifier ce qui s'est passé plus tard, je dois dire un mot sur l'agencement de la suite. À gauche du salon, lorsque vous faisiez face à la véranda, se trouvait une grande chambre que les deux jeunes hommes partageaient.

À droite se trouvait une chambre similaire qui devait être la chambre nuptiale. Une deuxième porte à droite donnait sur un couloir menant à la cabine de Sigi. Dans ce couloir se trouvaient plusieurs portes menant aux cabines intérieures occupées par les domestiques de la fête.

Eh bien, nous sommes restées assises à la table avec Sigi Van Vliet. J'ai remarqué qu'elle avait vidé son verre de vin plusieurs fois et l'avait rempli sans attendre un serveur. Elle n'avait jamais cessé de sourire à Ronny de sa manière dure comme du diamant. Il évitait son regard. Je suppose que Sigi a compris que sa situation était désespérée avec Mme. Lacy. En tout cas, elle est devenue assez téméraire.

"J'attends d'entendre le discours du marié", dit-elle d'une voix comme des glaçons qui se brisent. "C'est d'usage, n'est-ce pas ? Tout sur les ravissements et les roses de l'amour naissant. Et les délices de l'état matrimonial..."

Mme. Lacy se leva en tremblant de rage.

"Silence, mademoiselle !... Quittez la pièce !"

Sigi étendit sa grande silhouette et se leva de table.

"Avec plaisir", dit-elle d'un ton traînant.

"Demain matin, vous pourrez changer de cabine ! s'écria Mme. Lacy. "Et vous pourrez retourner à New York sur ce navire, ou aller au diable, pour tout ce que cela me fait ! Ne pensez pas que je ne puisse pas vous percer à jour, mademoiselle ! Je vous ai percée à jour depuis le début ! Mais vous m'avez été utile. Maintenant, j'en ai fini avec vous !"

"Eh bien, c'est bien agréable à entendre, aussi", dit Sigi.

"Oh, vraiment ? Est-ce ? Eh bien, peut-être que cela ne sera pas si agréable ! Vous m'avez été utile et je vous ai inscrite dans mon testament pour une belle somme rondelette. Eh bien, vous ne verrez jamais ça maintenant. Pas un centime ! Pas un centime !"

"Ça m'évite la peine de le refuser", dit Sigi en refermant tranquillement la porte derrière elle.

Mme. Lacy retomba dans sa chaise en pleurant de rage. Sigi lui avait enlevé le dernier mot.

"Bella et moi devons partir", dit Mme. Storey.

Mme. Lacy la retint littéralement. "Non ! Non ! Non ! Ils sont partis maintenant. Nous pouvons être heureux à nouveau... Je suis contente que vous soyez là, Rosika. Vous avez vu ce que je dois supporter. Personne ne le croirait s'il ne l'avait pas vu. Et, après tout ce que j'ai fait pour eux, les ingrats misérables !"

Ma patronne commençait à s'impatienter légèrement. "Pourquoi diable les avez-vous emmenés avec vous pour votre lune de miel ?" demanda-t-elle.

"Eh bien," dit Mme. Lacy avec malveillance, "dans le cas de Harold et Wesley, je pensais qu'ils avaient besoin d'une leçon. J'en ai tellement marre de la façon dont ils viennent vers moi, essayant de fouiner dans mes affaires sous prétexte d'affection hypocrite. Wesley est le pire. Il a entrepris de me dominer. Vous mourriez de rire. Je ne les ai pas invités à venir dans ce voyage. Quand je leur ai dit que j'allais en Angleterre, ils ont dit qu'ils viendraient aussi, pour veiller sur moi. Et je me suis dit : Très bien, mes gars ! Si vous y tenez, que cela retombe sur vous !"

"Mais Sigi Van Vliet... vous deviez bien le savoir..."

"Certes, je le savais ! La façon dont elle courait après Ronny était parfaitement répugnante. Je voulais lui donner une leçon, elle aussi. Je pensais que cela la dédommagerait de l'amener avec nous. J'ai toujours détesté cette fille et ses manières moqueuses. Elle se tenait si haut ! Je l'ai supportée parce qu'elle m'était utile. Maintenant, je n'ai plus besoin d'elle."

Mme. Storey et moi nous sommes regardées sans expression. Quel monde ! nous pensions toutes les deux.

Ronny s'appliqua à apaiser sa femme agitée. Il passa un bras autour d'elle, et elle posa sa tête confortablement sur son épaule.

"Voilà, chérie !" murmura-t-il. "Oublie-les tous ! Ils n'ont rien à voir avec toi et moi. Je suis content que les choses en soient venues à une explication avec Sigi. Maintenant, nous n'aurons pas à la supporter pendant le reste du voyage. J'aimerais bien pouvoir en déplacer d'autres aussi."

"Nous le ferons !" dit Mme. Lacy, je veux dire Mme. Mackworth, les larmes aux yeux.

"Très bien !" dit Ronny. "Alors nous pourrons être tout seuls ensemble. C'est ce que je veux, toujours !"

Elle se redressa et prit le visage de Ronny entre ses deux mains ornées de bijoux.

"Oh, Ronny, tu es tellement adorable !" chuchota-t-elle. "Tu peux toujours me remonter le moral. Oh, Ronny, je t'aime à la folie !"

"C'est bien !" dit-il en souriant comme un garçon. "C'est ce qu'une femme devrait faire !"

Mme. Storey et moi nous sommes retirées.

CHAPITRE II. — DOUBLE MEURTRE ?

Nous ne sommes pas tout de suite allées nous coucher, mais nous avons fait une promenade sur le pont. Nous n'avons pas beaucoup parlé de ce qui s'était passé. Ce n'était pas nécessaire, car nous étions d'accord à ce sujet. Comme l'a dit Mme Storey :

"Trop d'argent rend les gens fous."

"Je suppose que c'est avoir du pouvoir sans aucune responsabilité", ai-je dit.

"Exactement. Je suis reconnaissante d'avoir dû travailler dur pour ce que j'ai."

Nous sommes allées vers l'arrière, où nous pouvions sortir de sous le toit et voir le ciel. C'était une nuit douce enchantée, la mer se soulevant lentement comme une vaste créature au sein tourmenté. Toutes les étoiles sortaient leurs petites lampes. Mme Storey, en les regardant, murmura :

"Que doivent-elles penser de nous, pauvres mortels insensés !"

Plus tard, en passant devant la salle de fumée, nous avons vu Ronny Mackworth boire au bar avec quelques hommes. Il nous a vues et nous a rejointes sur le promenoir. Il semblait tout à fait tranquille. Nous nous sommes arrêtées et appuyées sur la rambarde.

"Je vois que vous avez eu la même envie", a-t-il dit. "Un peu d'air. Fanny se prépare à aller se coucher."

Une affaire compliquée avec elle, pensai-je, mais je ne l'ai pas dit.

Il semblait sentir qu'il était nécessaire de faire des excuses pour elle. "Elle a eu une journée difficile", dit-il en s'excusant. "Elle s'est mise dans tous ses états."

Mme Storey n'avait aucune intention de se laisser entraîner dans une nouvelle discussion de leurs affaires. "Naturellement", dit-elle agréablement. "Savez-vous, je pense que notre Orion est une constellation bien plus belle que la célèbre Croix du Sud."

Après quelques minutes de conversation futile, il nous a dit bonne nuit et est descendu.

Nous avons continué à nous promener sur le pont. Après quelques minutes, nous avons vu Ronny venir vers nous à nouveau. Il semblait un peu perturbé.

"Vous avez vu Fanny ?" a-t-il demandé. "Non."

"Quand je l'ai quittée, elle a dit qu'elle allait se coucher, mais quand je suis revenu, elle n'était pas là. Elle ne s'était pas déshabillée."

"Je suppose qu'elle voulait aussi un peu d'exercice", suggéra Mme. Storey.

"Très probablement. Mais je ne la vois nulle part."

Après avoir cherché dans les différentes salles publiques, il nous a de nouveau croisées. "Bonne nuit", a-t-il dit. "C'est définitif. Fanny doit être allée rendre visite à certains de ses amis. Je l'attendrai en bas."

Nous l'avons suivi peu de temps après.

Le matin, nous avons fait la grasse matinée et profité du rare luxe (pour moi) de prendre le petit déjeuner au lit. La porte était ouverte entre nos deux chambres et nous pouvions parler d'une pièce à l'autre. Plus tard, nous nous sommes habillées et sommes allées sur le pont. C'était une délicieuse matinée ensoleillée avec une mer calme, et toute la liste des passagers était alignée sur le promenoir dans des chaises longues. Nous avons marché.

Nous avons vu Sigi Van Vliet, qui avait déjà rassemblé un nouveau cercle d'amis autour d'elle, et les faisait rire. Une fille intelligente et séduisante, mais si dure que je ne pouvais pas concevoir qu'un homme puisse tomber amoureux d'elle. Je suppose que c'était pourquoi elle continuait à chercher. Elle nous a saluées de manière amicale, voire enthousiaste.

En passant devant le café de la véranda, nous avons également vu Harold et Wesley Lacy. Ils semblaient se disputer à voix basse. Ils ont regardé dans l'autre sens quand ils nous ont vues.

Nous commencions à penser au déjeuner avec une agréable anticipation lorsque qu'un garçon en uniforme a tendu à Mme. Storey une note.

"Les compliments du capitaine Coulson, madame, et voudriez-vous bien lui envoyer une réponse de vive voix."

Elle a lu la note et a dit :

"C'est gentil ! Le capitaine nous invite à déjeuner dans sa cabine." Elle a dit au garçon : "Les compliments de Madame Storey au capitaine Coulson, et elle et Mademoiselle Brickley seront ravies de déjeuner avec lui."

Après nous être poudrées le nez, nous sommes montées de pont en pont jusqu'à la hauteur du pont du commandement où le commandant nous attendait, un marin britannique grisonnant, haut en couleur. Ses quartiers spacieux m'ont encore plus enchantée que la suite impériale car ils étaient si bien conçus. Le déjeuner était prévu pour trois dans son salon, mais le capitaine était évidemment inquiet. Lorsque nous nous sommes retrouvées seules, il a tout de suite dit :

"Je dois vous faire une confession. Je profite de notre vieille connaissance..."

"Dites amitié", corrigea Mme. Storey.

"Je n'ai pas osé sans un peu d'encouragement... Notre amitié, alors. Le déjeuner n'était qu'un prétexte. J'ai besoin de consulter avec vous, et je pensais qu'il valait mieux que nous nous rencontrions ici où personne ne le saurait. C'est une affaire sérieuse."

Mme. Storey savait qu'il n'était pas du genre alarmiste.

"Que se passe-t-il ?", demanda-t-elle calmement.

"On m'a signalé que la riche Mme Lacy - ou, comme je devrais maintenant l'appeler, Mme Mackworth, et son jeune mari - avaient disparu du bateau."

Mme Storey et moi nous sommes assises très soudainement.

"Mon Dieu !" murmura-t-elle abasourdie. "Tous les deux !"

"Tous les deux. On ne le sait pas encore. J'ai donné l'ordre que cette affaire soit tenue secrète jusqu'à ce que j'en parle avec vous."

"Depuis combien de temps le savez-vous, capitaine ?"

"Depuis environ une demi-heure. Il semblerait que la femme de M. Mackworth, ayant entendu rien de sa maîtresse ou aucun bruit dans la chambre, ait été alarmée vers midi et ait frappé à la porte. N'ayant reçu aucune réponse, elle a essayé la poignée. Elle n'était pas verrouillée. Elle a trouvé la chambre vide.

"Une chose curieuse, c'est que le jeune homme s'était déshabillé. Ses vêtements de soirée étaient là. Mais la dame ne l'avait pas fait. Ses affaires de nuit l'attendaient. Aucun lit n'avait été occupé. Elle a envoyé un steward pour m'en informer. Je fais fouiller le bateau de fond en comble."

"Naturellement", dit Mme. Storey. "Mais bien sûr, il n'y aura aucun résultat. Il n'y a aucune raison terrestre pour qu'ils aillent se cacher. Surtout si le jeune homme était en pyjama."

Le capitaine s'assit alors. Il sortit un énorme mouchoir blanc et s'essuya le visage honnête et en sueur. "Mon Dieu !" marmonna-t-il. "Alors, vous pensez... vous pensez qu'ils ont pu être éliminés !"

"Rien n'indique le contraire", dit Mme. Storey gravement.

"Oh, c'est terrible, madame ! Pensez à la hideuse publicité ! Cela va ruiner mon bateau !"

Mme. Storey a décrit brièvement la situation révélée par le dîner. "Vous voyez, cela a toutes les caractéristiques d'un meurtre", dit-elle. "Malheureusement, on ne peut jamais prévoir un meurtre."

"Ces gens", dit-il avec excitation, "le secrétaire, les deux neveux, ils doivent être interrogés immédiatement." Il atteignit une sonnette.

Mme. Storey leva la main. "Attendez, capitaine ! Laissez-moi examiner la suite d'abord, et interroger la femme de chambre de la dame."

"D'accord !", dit-il. "Je compte absolument sur vous. Ce genre de chose...", il agita les mains de façon désespérée. "Mais s'il fallait que cela arrive, quelle chance j'ai de vous avoir à mes côtés !"

"Laissez-moi aller à la suite impériale avant vous", dit Mme. Storey. "Cela attirera moins l'attention."

"Et votre déjeuner ?", objecta-t-il.

"Peu importe le déjeuner."

Dans le couloir à l'extérieur de la suite de luxe, nous avons trouvé un groupe de stewards et de stewardesses bavardant avec des visages effrayés. "S'il vous plaît, reprenez votre travail", dit Mme. Storey, un peu sèchement. "Vous ne devez rien dire, et agir comme si rien ne s'était passé. Ordres du capitaine." Ils se séparèrent.

Dans le joli salon, nous avons trouvé un homme-serviteur et une femme-servante qui traînaient, ne sachant pas quoi faire. La femme pleurait doucement. Mme. Storey s'adressa à elle.

"Vous savez qui je suis ?"

"Oh oui, madame."

"Le capitaine m'a demandé de l'aider à enquêter sur cette affaire. Il sera bientôt ici." (Le capitaine Coulson est entré alors que Mme. Storey questionnait la femme.) "Comment vous appelez-vous ?"

"Stickney, madame."

"Ça sonne si peu amical", dit Mme. Storey. "Votre prénom ?"

La femme était d'âge moyen et avait l'air d'une bonne âme fidèle. Elle semblait sentir qu'elle avait trouvé une amie en Mme. Storey et se ressaisit.

"Kate, madame", dit-elle.

"Asseyez-vous et détendez-vous", dit Mme. Storey. "Quand avez-vous vu votre maîtresse et M. Mackworth pour la dernière fois ?"

Mme. Storey fit les cent pas dans la pièce, en fumant. Le capitaine Coulson se tenait dos aux fenêtres, observant et écoutant. Il n'intervenait que rarement. Il était comme le juge de cette enquête, Mme. Storey l'avocate - et moi la greffière.

"C'était vers onze heures, madame", dit Kate. "Peu après le départ des invités. Mme Mackworth m'a appelée dans sa chambre à coucher et a dit..."

"Un moment. M. Mackworth était-il avec elle ?"

"Oui, madame. Ma maîtresse était assise à sa coiffeuse en train d'enlever ses bijoux..."

"Les bijoux sont-ils toujours là ?"

"Oui, madame. Rien n'a disparu."

"Poursuivez."

"M. Mackworth se tenait derrière elle en la regardant dans le miroir. Ils se sont mis à rire franchement l'un de l'autre. Très amoureux, madame."

"Que vous a-t-elle dit ?"

"Elle m'a dit qu'elle ne voulait pas que je l'aide à se déshabiller, et que je pouvais aller me coucher. Alors je les ai laissés."

"Où se trouve votre chambre ?"

Kate a indiqué.

"Première porte à droite du petit couloir."

"Y a-t-il une porte de la chambre de Mme Mackworth à ce couloir ?"

"Non, madame. Je devais passer par cette chambre pour aller chez elle."

"Avez-vous entendu quelque chose après être allée vous coucher ?"

"Oui, madame. Peu de temps après, M. Mackworth est sorti."

"Comment savez-vous que c'était M. Mackworth ?"

"Parce que je l'ai entendu lui dire alors qu'il traversait cette pièce : 'Je te donne une demi-heure, chérie.'"

"Cela correspondrait au moment où nous l'avons vu pour la première fois sur le pont", a ajouté Mme. Storey. "Avez-vous entendu autre chose ?"

"Non, madame. Peu de temps après, je l'ai entendu revenir. Il a tiré le verrou de la porte en entrant."

"Mais il est sorti de nouveau. Nous l'avons rencontré sur le pont une deuxième fois."

"Eh bien, il a dû verrouiller la porte de nouveau en entrant. J'étais la première debout ce matin. La porte était toujours verrouillée."

"Et les portes de la suite ? Étaient-elles verrouillées ?"

"Non, madame, il n'y avait pas de clés. Quand nous sommes montés à bord pour la première fois, le steward a proposé de fournir des clés si besoin était, mais il ne semblait pas y avoir de demande pour cela."

Mme. Storey regarda le capitaine Coulson.

"Cela rétrécit les possibilités", remarqua-t-elle.

Il hocha la tête, soulagé de découvrir qu'aucun membre de son équipage n'était impliqué.

"Et avez-vous entendu autre chose ?" demanda Mme. Storey à Kate.

"Non, madame. Il semble que je me sois endormie entre le moment où il est sorti et le moment où il est revenu."

"Êtes-vous sûre de ne pas avoir dormi entre le moment où il est sorti et le moment où il est revenu ?"

"Oui, madame. J'ai rangé mes affaires à ce moment-là."

"Mme. Mackworth aurait-elle pu sortir sans que vous l'entendiez ?"

"Il semble que j'aurais dû entendre les portes s'ouvrir et se fermer, madame."

"Êtes-vous une grosse dormeuse, Kate ?"

"Non, madame. La moindre petite chose me réveille. J'ai été réveillée plusieurs fois au cours de la nuit."

"Et vous n'avez rien entendu, aucun cri, aucune lutte, aucune chute ?"

"Absolument rien du tout, madame."

"Eh bien, passons à ce matin."

"J'étais debout à huit heures, madame", dit Kate, "mais il n'y avait rien à faire avant que ma maîtresse ne m'appelle. J'ai été sur le balcon et j'ai regardé la mer. J'ai pris mon petit-déjeuner dans ma chambre, envoyé de la salle à manger des domestiques."

"Vous avez vu Miss Van Vliet ?"

"Oui, madame. Je l'ai aidée à faire ses bagages."

"Comment était-elle ?"

"Comme d'habitude, madame. Toujours une dame, Miss Van Vliet."

"A-t-elle dit pourquoi elle déménageait ?"

"Elle a fait une blague à ce sujet. Elle ne voulait pas gêner les jeunes mariés. Elle est allée voir le commissaire de bord pour obtenir une autre chambre et a déménagé à dix heures."

"Y a-t-il une porte de sa cabine vers le couloir ?"

"Oui, madame. Mais comme la suite était vendue dans son ensemble, cette porte était verrouillée et la clé enlevée. Miss Van Vliet devait sortir par ici. Il en était de même pour M. Harold et M. Wesley Lacy. Ils sont sortis par ici quand ils ont déménagé."

"Vous ont-ils dit quelque chose ?"

"Non, madame. Ils n'avaient pas l'habitude de faire attention à moi."

"Miss Van Vliet ou les Lacy ont-ils essayé de voir Mme Mackworth avant de partir ?"

"Non, madame. Tout le monde est parti très discrètement pour ne pas l'éveiller."

Mme. Storey sourit ironiquement et se tourna vers Clarkson, l'élégant valet de chambre du jeune Ronny.

De lui, elle n'apprit presque rien. Il avait été engagé seulement trois jours avant le départ. En arrivant à bord du Baratoria, Ronny avait été affecté à la cabine B92. Clarkson l'avait aidé à se préparer pour le dîner tôt, puis avait supervisé le déménagement de ses affaires dans la suite de Mme Lacy. À cette heure-là, les membres de la fête de Mme Lacy se préparaient pour le dîner et personne n'était au courant du déménagement.

M. Mackworth lui avait alors accordé la soirée de congé, et il était allé à la classe touriste où il y avait une danse. Il était revenu vers onze heures, avait échangé quelques mots avec Mme. Pinckney et était allé se coucher. Sa cabine était adjacente à celle de Mme. Pinckney. Il n'avait entendu aucun bruit inhabituel pendant la nuit. Il confessait être un gros dormeur.

Mme. Storey ouvrit la porte de la chambre à coucher. "Kate", demanda-t-elle, "est-ce que quelque chose a été changé ici depuis que vous avez ouvert la porte pour la première fois ?"

"Absolument pas, madame. Personne n'est entré ici sauf moi."

J'ai suivi Mme. Storey avec mon carnet. Le capitaine Coulson est resté debout dans l'embrasure de la porte. Ma patronne lui dit :

"Je suppose que vous réalisez quel travail désespéré vous m'avez confié, capitaine. La mer est là, prête à recevoir toute preuve incriminante et à la cacher à jamais."

"N'empêche, je suis convaincu que vous résoudrez cela de toute façon", dit-il avec détermination.

C'était une charmante chambre éclairée par deux grands sabords bordés de laiton qui étaient grands ouverts. Tout était en double ; lits jumeaux ; coiffeuses jumelles, même salles de bains jumelles. Celle de la dame était en émail rose avec des accessoires dorés, celle de l'homme en noir et argent. Au pied des lits s'étendait une chaise longue.

À côté, sur le tapis, se trouvaient un journal, des cendres éparses et un mégot de cigarette qui avait brûlé un trou dans le tapis avant de s'éteindre.

L'inférence était inévitable : Ronny s'était couché en attendant sa femme et s'était endormi. Que lui était-il arrivé ensuite ? Et où était-elle pendant qu'il l'attendait ? Sur une chaise près de son lit, ses vêtements de soirée étaient soigneusement pliés. Les vêtements semblaient apporter la tragédie de manière horrible. Je frissonnais.

Pendant ce temps, Mme. Storey, avec la loupe qu'elle porte toujours dans son sac à main, examinait la chambre et les deux salles de bains, centimètre par centimètre. Elle appela Kate pour lui demander si elle avait remarqué combien de serviettes il y avait eu dans les salles de bains à l'origine.

"Il y avait quatre serviettes de toilette et deux draps de bain dans chaque salle de bains", répondit la femme de chambre. "J'y ai prêté une attention particulière."

"Il manque six des serviettes de toilette", déclara Mme. Storey d'un air sinistre.

Elle montra une tache humide sur le tapis près de la coiffeuse de Mme. Mackworth. "Il y avait du sang ici", dit-elle. "Le meurtrier a lavé la tache, mais n'avait aucun moyen de la sécher rapidement."

"Diable !" murmura le capitaine Coulson en fronçant les sourcils.

"Il ne pouvait pas les avoir abattus ni empoisonnés, ni les avoir étranglés sans qu'il y ait une lutte bruyante. Il a dû utiliser un couteau."

Les sabords avec leurs bordures en laiton et les crochets solides qui les soutenaient lorsqu'ils étaient ouverts occupaient son attention un moment. "Il a descendu un ou les deux corps dans la mer avec une corde", dit-elle finalement. "C'était pour éviter de provoquer un éclaboussement qui aurait pu attirer l'attention sur le pont. Les cordes ont suivi les corps dans la mer."

"Comment savez-vous qu'il a utilisé des cordes ?", demanda le capitaine.

Elle nous fit signe de nous approcher. Avec la loupe, elle nous montra à tous les deux le duvet qui s'était accumulé sur le bord de la bordure en laiton où la corde avait frotté contre elle.

"Les deux corps ont été disposés de cette manière", dit-elle après une étude plus approfondie. "La première fois, il a descendu la femme directement, en payant la corde main sur main. La corde a frotté contre le bord en laiton et un peu de duvet s'y est accumulé. C'est du duvet de chanvre. Il a trouvé cette méthode trop

difficile et la deuxième fois, il a lancé la corde par-dessus le crochet au-dessus de la fenêtre pour soulager une partie de la tension sur ses bras. Le duvet qui colle au crochet est du duvet de coton. C'est ainsi que je sais qu'il y a eu deux opérations distinctes."

"Mon Dieu !" murmura le capitaine Coulson.

Elle montra une légère trace de sang sur l'une des bordures en laiton. "Ils oublient toujours quelque chose", remarqua-t-elle. Elle sortit la tête par le sabord et quand elle la retira, elle nous invita à jeter un coup d'œil. Sur le côté de la coque peinte en noir, à quelques pieds en dessous du sabord, se trouvait une traînée rougeâtre.

"D'abord, la femme a été descendue pendant que son mari était sur le pont", murmura le capitaine Coulson. "Puis l'homme après son retour en bas."

"Il a peut-être dormi", suggérai-je.

"Peut-être. Mais la femme n'était pas endormie. Et si elle était assise devant sa coiffeuse, elle pouvait voir quiconque pourrait essayer de s'approcher d'elle."

"Nous sommes cependant convaincus, n'est-ce pas, qu'il s'agissait de quelqu'un dans la suite, c'est-à-dire quelqu'un qu'elle connaissait ?", suggéra Mme. Storey. "Elle ne se serait pas alarmée au premier coup d'œil."

"Bien sûr !"

"Bella", dit ma patronne, "trouve Miss Van Vliet et amène-la ici, si possible sans lui dire pourquoi elle est demandée."

"Mon Dieu !" s'écria le capitaine Coulson avec un regard d'horreur. "Sûrement aucune femme n'aurait pu faire cela !"

"Comme tous les marins, vous êtes chevaleresque", dit Mme. Storey avec un sourire ironique. "Mon expérience suggère que les femmes peuvent faire tout ce que les hommes peuvent faire."

Elle ouvrit soudainement la main et nous montra un joli petit nœud en taffetas à carreaux noir et blanc.

"Trouvé sous la coiffeuse de Mme. Mackworth", dit-elle.

CHAPITRE III. — LE SECRET DE LA MER

Le contraste entre la scène animée sur le pont et la situation sombre que j'avais laissée en bas m'a profondément marqué. Il me semblait incroyable que les gens puissent se pavaner sur le pont en portant leurs plus beaux vêtements ou se prélasser dans des transats en bavardant, en riant, en flirtant, sans avoir le moindre souci à l'esprit, alors que des choses si terribles se passaient. C'était parfaitement déraisonnable de ma part, bien sûr.

Je suis tombé sur Sigi Van Vliet en train de se promener vivement avec deux cavaliers. Elle avait déjà changé de tenue depuis la dernière fois que je l'avais vue, et portait maintenant un superbe ensemble sportif jaune qui allait admirablement bien avec ses cheveux foncés et ses yeux. Elle semblait être la plus joyeuse parmi les joyeux, et cela a fait durcir mon cœur à son égard. Je me suis arrêté, et voyant à mon visage que je voulais lui parler, elle est venue vers moi.

"Mme. Storey aimerait vous voir", ai-je dit. "Voulez-vous descendre avec moi ?"

"Bien sûr !" dit-elle avec un regard ouvert. "Je me sens honorée." Elle envoya les deux jeunes hommes sur leur chemin.

Sigi savait que les cabines de Mme. Storey se trouvaient à l'avant de la suite impériale, et cela lui semblait naturel lorsque nous avons tourné dans ce couloir. Mais ses sourcils se sont haussés quand j'ai fait une pause devant la suite.

"Ici ?" demanda-t-elle.

J'ai fait un signe de tête. Une expression très étrange passa sur son visage. Cependant, elle saisit immédiatement la poignée de la porte et entra. Elle fut encore plus étonnée quand elle vit le capitaine à l'intérieur. Ses yeux parcoururent la pièce avec étonnement.

"Où est Mme. Lacy ?" demanda-t-elle avec précipitation. Elle ne désignerait jamais cette dame par son nom de jeune mariée.

"Elle a disparu", dit Mme. Storey gravement.

Sigi recula d'un pas, haletante.

"Disparue ?... Disparue ?... Que voulez-vous dire ?"

Mme. Storey écarta les mains. Soudain, Sigi courut vers la porte de la véranda, la chercha du regard avec des yeux frénétiques, puis se précipita dans la chambre à coucher à la recherche.

"Ronny ! Ronny !" cria-t-elle vivement. "Où est Ronny ?"

"Il est parti aussi", dit Mme. Storey.

Sigi s'arrêta brusquement, enfonçant ses mains serrées dans ses joues. Ses yeux étaient fous, ses mots à peine intelligibles.

"Qu'est-ce qui s'est passé ? Je savais... quelque chose comme ça ! C'était trop horrible à faire... méchant !"

"Calmez-vous", dit Mme. Storey d'un ton amical. "Ce n'est pas dans votre nature."

"Dans ma nature ?" la jeune fille répliqua sur un ton de défi. "Que savez-vous de moi ? Vous n'avez vu que mon uniforme de service."

"Aidez-nous à établir ce qui est arrivé à Mme. Mackworth", plaida ma patronne.

"Elle m'importe peu", répliqua la jeune fille. "Elle l'a bien cherché, n'est-ce pas ? Vous l'avez entendue !..." La voix de Sigi se brisa. "Oh, Ronny ! Ronny ! Ronny ! Dans la mer !" Dans son état de détresse, elle semblait sur le point de se précipiter sur la véranda et de se jeter par-dessus bord. Le capitaine Coulson se plaça devant la porte.

La surprise et la consternation de la jeune fille semblaient si accablantes que l'honnête marin l'innocenta sur-le-champ, mais Mme. Storey et moi réservions notre jugement pour le moment. Nous avions déjà été trompés par une bonne interprétation dans des circonstances similaires.

"Quand avez-vous vu Mme. Mackworth pour la dernière fois ?" demanda calmement Mme. Storey.

La question directe fit stopper net la jeune fille. Elle se força à garder son calme en masquant son visage tourmenté. Elle prit son temps pour répondre.

"Eh bien, vous étiez présente", dit-elle assez calmement. "Vous l'avez entendue me renvoyer."

"Ne l'avez-vous pas revue après cela ?"

"Certes pas ! Pourquoi ? Pour écouter d'autres insultes ?"

"Ne me mentez pas", insista Mme. Storey avec persuasion. "Je veux être votre amie."

"Je ne vous comprends pas", dit Sigi avec hauteur.

"Eh bien, essayons autrement. Quand êtes-vous entrée pour la dernière fois dans cette chambre ?"

"Je n'ai jamais mis les pieds dans cette chambre", déclara Sigi instantanément. "Quand nous sommes montés à bord hier, nous sommes allés dans nos propres chambres. Je n'ai jamais eu besoin d'entrer dans la chambre de Mme. Lacy. Je n'étais pas à son service."

Mme. Storey sortit le petit nœud noir et blanc de son sac à main. "Alors comment est-ce que ceci s'est retrouvé ici ?"

Sigi le regarda avec horreur et passa ses mains dans ses cheveux. Elle était incapable de parler.

"Allez-vous me dire que cela ne provenait pas de la robe que vous portiez hier soir ?" insista calmement Mme. Storey. "Voulez-vous que j'envoie Bella chercher la robe ?"

Sigi haussa les épaules, étendit les mains et les laissa retomber. "Vous m'avez eue", dit-elle apathiquement. "J'ai été idiote de mentir. J'étais là-bas hier soir. Mais je vous assure que Mme. Lacy était bien vivante quand je l'ai quittée. Ronny aussi. Il était avec elle."

"Quand exactement était-ce ?" demanda Mme. Storey.

"Immédiatement après que vous et Miss Brickley soyez parties. En fait, j'ai attendu que vous partiez. Je ne voulais pas que vous me voyiez humiliée davantage."

"Pourquoi êtes-vous retournée ensuite ?"

"Eh bien, cela avait trait à un ensemble de bijoux anciens de grande valeur ; un collier en or et en turquoise, une broche, une paire de boucles d'oreilles et une paire de bracelets. Un de mes cousins m'avait demandé d'essayer de les vendre à Mme. Lacy pour lui. Mes cousins sont pauvres. Mme. Lacy avait dit qu'elle les achèterait, mais elle ne m'avait pas encore payée.

"Aussi riche qu'elle fût, elle n'était pas toujours prompte à payer ses dettes. Après m'avoir renvoyée de manière si sommaire, il m'est venu à l'esprit que je devais obtenir soit l'argent, soit les bijoux avant de quitter la suite, car elle ne me permettrait certainement plus de m'approcher d'elle."

"Je comprends. Que s'est-il passé lorsque vous étiez dans sa chambre ?"

"Mme. Lacy a sorti les bijoux. Juste pour me tourmenter, elle a essayé de marchander le prix qui avait déjà été convenu. J'ai perdu mon sang-froid et j'ai saisi la boîte. C'est alors qu'elle a tenté de m'attraper, et je suppose que le petit nœud est tombé dans sa main. Je ne m'en suis même pas aperçue. J'ai réussi à sortir de la chambre avec ma boîte intacte."

"Avez-vous des preuves que la scène s'est déroulée de cette manière ?" demanda Mme. Storey.

Un air perplexe se dessina sur le visage de Sigi. "Ronny était là", dit-elle.

"Il ne peut pas confirmer votre histoire maintenant."

"J'ai les bijoux dans ma cabine. Je peux vous les montrer."

"Ce ne serait guère une preuve, n'est-ce pas ?"

Sigi était désemparée. Mme. Storey se tourna vers la femme de chambre. "Kate, pouvez-vous confirmer le fait que Mme. Mackworth a possédé un tel ensemble de bijoux pendant un certain temps ?"

"Je ne l'ai jamais vu, madame." L'honnêteté de la femme l'obligea à ajouter : "Mais cela ne prouve pas qu'elle ne les avait pas. Je n'ai pas vu toutes ses affaires."

Un air de soulagement se dessina sur le visage tourmenté de Sigi. "Harold Lacy connaissait les circonstances", dit-elle. "Il a vu les bijoux en possession de sa tante. Il a essayé de la dissuader de les acheter. Il détestait qu'elle dépense de l'argent."

"Très bien, nous allons lui demander", dit Mme. Storey. "Que avez-vous fait après avoir récupéré les bijoux ?"

"Je suis retournée dans ma cabine et j'y suis restée jusqu'au matin."

"Vous n'avez rien entendu ?"

"Rien. Les deux salles de bains se trouvaient entre ma cabine et celle de Mme. Lacy. Il y avait trois portes fermées entre nous."

"Je suggère", dit Mme. Storey, "que vous avez attendu que Ronny ait quitté sa femme avant d'entrer chez elle."

"Ce n'est pas vrai", dit Sigi. "Cela s'est passé exactement comme je vous l'ai dit... Mon Dieu, pensez-vous que je l'ai tuée ?" éclata-t-elle.

"Je ne vous accuse pas", dit Mme. Storey doucement. "Mais voyez-vous, vous auriez pu avoir un puissant motif."

"Quel motif ?"

"Mme. Mackworth vous a dit en ma présence qu'elle avait l'intention d'annuler le legs substantiel qu'elle avait prévu pour vous."

"Je n'y ai jamais pensé", dit Sigi avec les lèvres retroussées.

Pendant que Mme. Storey interrogeait la jeune fille, on frappa à la porte, et à l'invitation d'entrer, Harold Lacy montra son visage anxieux et livide. Il entra en regardant fixement de Mme. Storey au capitaine Coulson, puis à Sigi. Avant qu'il ne puisse parler, Wes Lacy le suivit en hâte. Harold se retourna vers lui.

"Pourquoi me suis-tu ?" grogna-t-il.

"Pour savoir ce que tu trames, espion !" répliqua Wes.

Ensuite, tous les deux, en regardant autour d'eux, demandèrent simultanément : "Où est Mme. Lacy ?"

Lorsque Mme. Storey leur expliqua succinctement la situation, l'étonnement, qu'il soit réel ou feint, les laissa tous les deux muets. Mais tandis qu'Harold avait l'air effrayé, Wes sourit méchamment.

"Cela te réjouit-il ?" demanda Mme. Storey à Wes d'un ton sec.

"Non !" grogna-t-il, reculant.

"Alors pourquoi souris-tu ?"

"C'est simplement ma façon d'être", répondit-il en souriant toujours.

"Eh bien, nous sommes très heureux que vous soyez tous les deux venus", dit Mme. Storey sèchement. "Nous comptons sur vous pour nous aider à élucider cette affaire. Répondez s'il vous plaît à quelques questions. D'abord vous, M. Harold, en ce qui concerne un ensemble de bijoux anciens en or et en turquoise qui avait été proposé à Mme. Lacy et qui était en sa possession jusqu'à la nuit dernière. On m'a informé que vous aviez vu ces bijoux et que vous lui aviez conseillé de ne pas les acheter. Est-ce vrai ?"

Harold hésita dans une agonie d'indécision avant de répondre, regardant d'un visage à l'autre et humidifiant ses lèvres pâles.

"Je n'ai aucune connaissance d'un tel ensemble de bijoux", dit Harold. "Certes, on ne me les a jamais montrés."

Sigi ne dit rien, mais sourit seulement avec mépris. Ce sourire disait : Tu dirais ça ! et à partir de ce moment-là, j'ai cru en son innocence. Parce qu'il me semblait évident que l'homme mentait. Ma patronne le pensait aussi.

"Merci", dit-elle sèchement. "Ensuite, nous souhaitons connaître quel était votre statut, à vous et à votre cousin, en ce qui concerne la fortune Lacy. Vous avez commencé à en parler hier soir, lorsque

Mme. Lacy vous a interrompus. Qu'est-ce qui était entendu ?"

Harold répondit maintenant promptement : "Que ma cousine et moi devions le partager également à sa mort. C'était le souhait de mon oncle."

"Avait-elle fait un testament en ce sens ?"

"Oui."

"Avez-vous vu le testament ?"

"Oui."

"Autant que vous le sachiez, c'est le dernier testament qu'elle ait fait ?"

"Oui."

"Tu es idiot, tu te précipites vers la chaise électrique !" murmura Wes.

"Silence !" hurla le capitaine Coulson.

"Saviez-vous que votre tante avait épousé M. Mackworth avant qu'elle ne vous le dise hier soir dans cette pièce ?"

"Non."

"Avez-vous eu des soupçons qu'il la courtisait, ou, dirons-nous, qu'elle le courtisait ?"

"Non."

"Donc, son annonce a été une surprise totale ?"

"Absolument !" répondit Wes immédiatement. Harold, cependant, hésita, regardant autour de lui, agonisant, essayant de deviner ce qui s'était passé avant son arrivée. Finalement, il murmura : "Cela a été une surprise totale pour moi."

"Merci beaucoup", dit Mme. Storey ironiquement. "Maintenant, nous avançons."

Je ne pouvais pas le voir, mais je ne prétends pas suivre toutes ses subtilités.

S'adressant toujours à Harold, Mme. Storey continua :

"Veuillez nous raconter ce qui s'est passé après que vous et M. Wes êtes retournés dans votre chambre hier soir."

Harold la regarda bêtement.

"Rien."

Mme. Storey, prenant note de leurs regards haineux et suspects l'un envers l'autre, dit à tout hasard :

"Vous vous êtes disputés."

Harold, surpris, répondit :

"Non !"

Wes rit.

"Nous nous sommes certainement disputés", éclata-t-il. "Pourquoi mentir à ce sujet ? J'avais amplement de raisons de me disputer avec lui, Dieu sait ! Tout était de sa faute si elle nous a rejetés. Il ne la laissait pas tranquille, il était toujours près d'elle à la harceler et à essayer de fouiller dans ses affaires ! Elle nous considérait toujours ensemble, même si elle n'en avait aucune raison. Nous n'avions rien en commun. Je l'ai toujours méprisé comme un idiot, mais j'ai dû faire semblant de rester avec lui parce que nos intérêts étaient identiques. Eh bien, si elle est partie, il n'y a plus aucune raison de continuer. Je vais suivre ma propre voie maintenant."

Le capitaine Coulson fixa incrédule cette confession naïve de méchanceté. Mme. Storey ne chercha pas à arrêter le discours de Wes. Tout cela servait ses desseins.

Harold se tourna alors vers Wes.

"Oh, pourquoi ne leur dis-tu pas ce que tu as fait quand nous sommes entrés dans cette pièce ? Tu étais collé à la porte, écoutant tout ce qui se disait ici !"

"Bien sûr, je l'ai fait", répondit Wes, ne se démontant pas.

"C'était une chose naturelle à faire. J'avais beaucoup à gagner dans ce qui se passait."

"Tout à fait naturel", convint Mme. Storey. "Donc, vous avez entendu Mme. Lacy renvoyer Sigi ; vous avez entendu Miss Brickley et moi partir ; vous avez entendu Sigi revenir dans la chambre de Mme. Lacy, et peut-être avez-vous entendu un peu de la dispute au sujet des bijoux qui a suivi."

"Bien sûr, j'ai tout entendu", dit Wes avec calme.

"Alors, vous avez entendu Ronny partir ?"

"Nous l'avons tous deux entendu", dit Wes. "Parce qu'il a parlé à sa femme en traversant cette pièce. Il a dit qu'il reviendrait dans une demi-heure."

"Et puis qu'est-il arrivé ?" demanda Mme. Storey doucement.

Wes sourit avec haine et regarda Harold. "Demandez-lui", dit-il.

"Rien ne s'est passé", bafouilla Harold.

Wes attendit, souriant toujours, comme s'il voulait savourer pleinement la blague avant de la partager. "Tu es idiot si tu t'attends à ce que je mente pour toi", dit-il à Harold. "Maintenant, chacun pour soi." Il regarda Mme. Storey. "Harold m'a laissé", dit-il.

"Donc, il vous a laissé", dit Mme. Storey. "Où est-il allé ?"

"Je n'en sais rien."

"Il ment", marmonna Harold. "Il a guetté depuis la porte de la chambre pour voir où je suis allé. Il m'a vu traverser cette pièce et sortir par la porte dans le couloir."

"Ce n'est pas vrai", dit Wes. "Je me fichais de savoir où il allait. Il est sorti de notre chambre, en refermant la porte derrière lui, et je n'ai rien entendu de plus."

"Quand est-il revenu ?"

"Il n'est jamais revenu. Je ne l'ai pas revu avant ce matin. Toujours en tenue de soirée à neuf heures du matin."

"Vous êtes allé dans la chambre de votre tante", suggéra Mme. Storey à Harold.

"Non !" cria-t-il, en sueur et en tremblant. "Je vous ai dit que j'ai quitté la suite. Je voulais seulement m'éloigner de lui, le menteur. Toujours sur mon dos ! Toujours sur mon dos ! Il me reprochait tout ce qui se passait. Je ne pouvais pas dormir dans la même chambre que lui. Alors je suis sorti."

"Attendez un instant !" dit Mme. Storey. "La chambre de Kate est juste de l'autre côté du mur. Elle était réveillée. Elle a entendu Ronny Mackworth sortir, et une demi-heure plus tard, elle l'a entendu revenir. Elle ne vous a pas entendu sortir."

"C'était parce que je suis sorti en douce", bafouilla Harold. "Je suis sorti sur la pointe des pieds et j'ai refermé la porte derrière moi sans faire de bruit. Je ne voulais pas attirer l'attention de ma tante."

Le capitaine Coulson éclata soudain :

"Ah ! Je n'ai aucune patience pour ce pleurnicheur ! Vous saviez que votre tante était seule dans sa chambre ! Vous saviez que vous aviez une demi-heure avant le retour de son mari ! Vous saviez qu'elle était sur le point de rédiger un nouveau testament et que vous devriez agir rapidement ! Vous êtes allé là-bas pour vous assurer qu'il n'y aurait pas d'autres testaments écrits.

"Ensuite, vous avez réfléchi que son mari hériterait de toute façon d'une grande part de sa fortune. Vous vous êtes caché et avez attendu qu'il s'endorme. Vous l'avez poignardé et vous avez disposé de son corps, comme sa femme avant lui, par le sabord ! Tout est parfaitement clair."

"Non ! Non !" pleurnicha Harold. "Je n'ai jamais su qu'ils étaient partis avant d'entrer dans cette pièce tout à l'heure." Soudain, il sembla prendre un peu de courage. "S'ils sont partis, de toute façon, vous ne pouvez rien prouver. Vous ne pouvez pas prouver un meurtre sans produire le corps !"

Le capitaine Coulson s'avança, et pendant un moment, j'ai cru qu'il allait frapper l'homme.

"Alors, c'est la ligne que vous adoptez !" s'écria-t-il furieusement. "C'est presque aussi bon qu'une confession ! Je ferai en sorte que vous confessiez ! Nous vous pendrons avec vos propres paroles !"

"Vous ne pouvez pas !" insista Harold. "Parce que je ne l'ai pas fait !"

Mme. Storey demanda l'indulgence du capitaine avec un sourire.

"Un instant, s'il vous plaît."

Le vieil homme se retourna en bouffant de colère, essuyant violemment son visage.

"Pourquoi veut-il me harceler ?" gémit Harold. "Si je l'avais fait, serais-je revenu dans cette pièce de mon propre gré ce matin ?"

"Je ne sais pas", dit Mme. Storey d'un ton sec. "Peut-être que vous ne pouviez plus supporter le suspense."

"C'est faux ! Je suis revenu essayer de me réconcilier avec Mme. Lacy. Je ne pouvais pas me permettre de me disputer avec elle. Maintenant, il est trop tard."

"Ce n'est pas trop tard si le testament est valable", dit Mme. Storey, d'un ton très sec.

"Je ne l'ai pas fait", répéta Harold boudeur.

"Eh bien, quand vous avez quitté cette suite comme vous l'avez dit, où êtes-vous allé ?"

"Je suis juste allé me promener", marmonna Harold. "Je voulais être seul. J'avais reçu un coup. J'avais reçu un coup. Je suis sorti sur le pont par l'extrémité avant du couloir. Je suis descendu sur le pont où séjournent les passagers de troisième classe. Je me suis assis là pour réfléchir."

"Quelqu'un vous a-t-il vu assis là ?" demanda Mme. Storey.

"Non. Il n'y avait personne autour."

"Dommage", dit-elle. "Combien de temps êtes-vous resté là ?"

"Longtemps. Je ne sais pas. J'ai eu froid et je suis revenu. J'ai cherché un steward. J'en ai trouvé un et je lui ai dit - eh bien, j'admets que je lui ai raconté une histoire. Je lui ai dit que mon cousin ronflait si fort que je ne pouvais pas dormir, et je lui ai demandé s'il y avait une cabine vacante où je pourrais m'allonger. Il m'en a montré une, et j'y ai dormi tel quel... Le steward peut le prouver ! On peut facilement le retrouver !"

"À quelle heure lui avez-vous parlé ?"

"Je ne sais pas exactement. Vers minuit et demi, je pense."

"Ça ne sert à rien", dit Mme. Storey. "À ce moment-là, Mme. Lacy et son mari étaient déjà partis. Nous avons établi de manière assez définitive le fait qu'elle a été jetée par-dessus bord avant onze heures trente."

"Eh bien, pourquoi me soupçonner ?" gémit Harold. "Pourquoi Wes ne pourrait-il pas l'avoir fait ? Je l'ai laissé seul dans sa chambre. Et Mme. Lacy était seule dans sa chambre. Il fait toujours semblant d'être tellement plus intelligent que moi. Il m'appelle un idiot."

"Certes, Wes aurait pu le faire", dit Mme. Storey calmement. Elle se tourna vers Wes, qui souriait avec confiance. "Que avez-vous fait après le départ d'Harold ?" demanda-t-elle.

"Je suis allé me coucher et j'ai dormi jusqu'au matin", dit Wes catégoriquement, "et personne ne peut prouver le contraire !"

"Vous avez l'air sûr de vous", dit Mme. Storey, aimablement.

"Qu'est-ce qu'on fait maintenant, madame ?" demanda le capitaine Coulson.

Elle dit : "Je recommande que les trois personnes soupçonnées soient confinées dans des cabines séparées, avec un steward devant chaque porte."

"Vous n'avez rien contre moi !" grogna Wes Lacy.

"Non", dit Mme. Storey. "Mais vous auriez pu le faire, vous voyez."

Elle continua à voix basse pour les oreilles du capitaine uniquement :

"Vous feriez mieux de mettre la jeune fille dans une cabine intérieure."

Il dit, surpris :

"Vous pensez qu'elle..."

"Non, je ne le pense pas", dit Mme Storey. "Mais elle était désespérément amoureuse de l'homme disparu. Elle aurait pu se jeter par le sabord comme geste désespéré."

"Très bien, madame."

Mme. Storey continua :

"J'ai besoin de votre autorisation pour fouiller les effets des trois personnes suspectées. Ainsi que les effets de Mme. Mackworth et de Ronny."

"Vous l'avez, madame."

"Je ne sais pas ce que je vais trouver. Comme vous le savez, des preuves accablantes peuvent toujours être jetées par-dessus bord. Mais c'est évidemment quelque chose qui doit être fait. Dès que j'aurai terminé ma recherche, je vous informerai."

Ainsi, l'enquête a été ajournée et les trois suspects ont été emmenés. Mme. Storey a mangé une bouchée et je me suis mise au travail. Je n'entrerai pas dans les détails de la recherche fastidieuse. Il suffit de dire que c'est après le dîner que nous avons terminé.

À neuf heures, nous étions à nouveau réunis dans le salon de la suite impériale. Le commandant, son capitaine d'état-major, qui était en charge directe des passagers, et quelques officiers subalternes étaient présents. Les suspects furent amenés.

Mme. Storey alla droit au but.

"Parmi les affaires de Mlle Van Vliet, je n'ai trouvé rien qui jette une nouvelle lumière sur l'affaire. Les bijoux qu'elle nous a décrits étaient là. Comme M. Wes Lacy a confirmé son récit sur la manière dont elle les avait récupérés auprès de Mme Mackworth, il n'y a rien contre Mlle Van Vliet, et je suggère qu'elle soit libérée de toute surveillance supplémentaire."

Le capitaine Coulson était très heureux. Il n'avait jamais cru que Sigi était coupable.

"Vous êtes libre, mademoiselle," dit-il. "Et mes excuses pour vous avoir soumise à des inconvénients."

Sigi, avec son sourire habituel, commença à lui assurer qu'elle lui pardonnait, mais elle s'interrompit en cours de route et se mit à pleurer. Si seulement elle avait su à quel point elle était plus séduisante sans son "uniforme de service" !

Mme. Storey continua, d'une voix calme qui ne laissait aucune indication de la bombe qu'elle s'apprêtait à lancer : "Parmi les affaires de M. Harold Lacy, je n'ai rien trouvé qui puisse nous intéresser. Dans la poche d'un des sacs de M. Wes Lacy, j'ai fait une découverte intéressante." Elle sortit de son sac à main une liasse d'obligations gravées et les étala sur la table. "Vingt-cinq obligations Liberty de mille dollars chacune, du type non enregistré."

Wes Lacy perdit son air confiant et souriant. "Ce ne sont pas les miennes !" s'écria-t-il vivement. "Je ne les ai jamais vues auparavant ! Si elles ont été trouvées dans mes bagages, c'est qu'on les y a placées !"

"Quel est le lien entre elles et les meurtres, madame ?" demanda le capitaine Coulson.

Mme. Storey dit : "J'y viens. Mme. Mackworth était une femme méthodique. Parmi ses affaires, j'ai trouvé un carnet dans lequel elle avait l'habitude de consigner toutes ses opérations financières. Sous la date d'hier, je trouve cette entrée : 'Aujourd'hui, j'ai offert à mon cher mari vingt-cinq obligations Liberty de mille dollars chacune en cadeau de mariage.'... Les numéros des obligations suivent", conclut Mme. Storey calmement. "Ce sont ces obligations."

Le capitaine Coulson frappa son poing dans sa paume.

"Alors c'est lui qui l'a fait !" s'écria-t-il.

"C'est un mensonge !" cria Wes d'une voix aiguë. "Je vous dis qu'on les a placées sur moi... qu'on les a plantées !" Il pointa un doigt tremblant vers son cousin. "Et c'est lui qui l'a fait !"

C'était au tour d'Harold de sourire alors. Il pouvait sourire aussi haineusement que son cousin.

"Eh bien, un jury britannique décidera de cela", déclara le capitaine avec une satisfaction sombre. "Et à mon avis, ces obligations vous pendront !"

Cela mit fin à la scène. Les Lacys furent emmenés. Je pensais que le bon capitaine n'en finirait jamais de pomper le bras de mon employeur de haut en bas. "Je savais que vous le feriez malgré tout !" s'écria-t-il. "Et vous l'avez fait !"

Mme. Storey haussa les épaules avec humilité.

Lorsque nous sommes retournées dans nos propres cabines, j'ai remarqué qu'elle avait l'air pâle et les lèvres serrées. "Quelle affaire horrible !" ai-je dit. "Je suis reconnaissante que vous l'ayez résolue si rapidement !"

"La résoudre !" dit-elle avec un regard étrange. "J'ai à peine effleuré la surface !"

J'ai fixé mon regard sur elle.

Elle jura entre ses dents. "Ah, je déteste être battue !" marmonna-t-elle, en faisant les cent pas dans la petite pièce. "Je déteste être battue, même par la mer !"

"Je ne comprends pas !" ai-je dit.

"Vous avez entendu tous les témoignages", dit-elle. "Réfléchissez-y !"

C'était tout ce que j'ai pu obtenir d'elle. Elle ne confiera jamais ses pensées à quiconque tant qu'elle n'aura pas de conclusions définitives.

CHAPITRE IV. — UNE PLONGÉE PRESQUE FATALE

Sur la recommandation de Mme. Storey, le capitaine Coulson a immédiatement envoyé par radio une annonce de la tragédie en Amérique. "Si cela est encore retardé, cela se retournera contre vous", lui a-t-elle averti. Ainsi fut fait. On pouvait imaginer la sensation que cela a créée.

Le capitaine bluff détestait les méthodes de la presse sensationnaliste, et son message à terre était caractéristiquement laconique. Par conséquent, le navire fut immédiatement submergé de messages demandant davantage de détails. Des prix fantastiques lui furent offerts pour une histoire exclusive. Il déchira ces messages et arpenta sa cabine en colère. Mme. Storey lui fit des remontrances.

"On ne peut pas aller à l'encontre de la presse, capitaine. Ils vous répondront toujours. Laissez-moi rédiger une histoire simple et directe et l'envoyer en votre nom."

Cela fut fait.

Des rumeurs fantaisistes avaient commencé à circuler à bord du navire, et il était évident que les passagers devaient également être informés de ce qui s'était passé. Le capitaine Coulson insista pour rédiger lui-même cette annonce, et le lendemain matin, l'avis typiquement britannique suivant était épinglé sur le tableau d'affichage du navire :

"Le capitaine Coulson a le regret de vous annoncer que Mme. Ronald Mackworth (anciennement Mme. Hibbert Lacy) et M. Mackworth ont disparu du navire et sont présumés avoir été jetés par-dessus bord. M. Wesley Lacy et M. Harold Lacy, neveux du défunt Hibbert Lacy, sont détenus en garde à vue par la police."

On peut imaginer l'effet de cette annonce sur les passagers. Ils étaient presque fous de curiosité contrariée. Ils rendaient la vie des sous-officiers misérable ; ils assaillirent la cabine de Sigi Van Vliet et notre cabine, ils essayèrent de soudoyer les stewards pour leur dire dans quelle partie du navire les prisonniers étaient détenus ; ils s'aventurèrent même dans les lieux sacrés de la cabine du capitaine et exigèrent des informations. À ce stade, les passagers individuels recevaient des messages de la terre leur demandant des histoires. Ils n'avaient rien à raconter.

Le capitaine Coulson aurait voulu les mettre tous en fers si cela avait été possible. Mme. Storey finit par le convaincre que la meilleure façon de gérer la situation était de lui permettre de recevoir un comité de passagers dans sa cabine et de leur dire tout ce que nous savions. Cela fut fait, et la tempête s'apaisa quelque peu. Mais quel voyage !

On supposait généralement que Mme. Storey avait terminé son affaire et que le reste était entre les mains de la police britannique. Seul le commandant et moi savions qu'elle travaillait à sa manière tout au long des jours restants du voyage.

Tout d'abord, elle envoya un message sans fil à son agent, Latham Rowe, en code, lui demandant d'obtenir les détails du testament de Mme. Mackworth et de les envoyer. En quelques heures, la réponse arriva, et lorsqu'elle fut décodée, elle se lisait comme suit :

"Mme M. a fait un nouveau testament le matin de son départ. Après plusieurs legs, la totalité de la succession résiduelle revient à son mari, Ronald Mackworth. L'intérêt sur le fonds fiduciaire est de trois cent mille pour chaque neveu. Sigismonda Van Vliet reçoit cinquante mille en toute propriété. — Latham."

Mme. Storey rangea le message sans faire de commentaire. Ainsi, les neveux, l'un ou l'autre, avaient assassiné en vain ! Je pensais.

Ma patronne passa les journées à errer sur le grand navire sous les traits d'une simple curieuse, en se concentrant particulièrement sur la classe touristique et la troisième classe. Elle prit un repas dans chacune de ces classes. "Juste pour voir ce qu'ils ont", dit-elle, et assista à certains de leurs divertissements. Elle se lia d'amitié avec les stewards partout et avec les employés de chaque département du navire. Quoi qu'elle recherchât, elle ne le trouva pas, car lorsqu'elle baissait sa garde, cette légère ligne préoccupée ne quittait jamais son front.

La seule indication que j'ai eue de son inquiétude fut quand elle explosa une fois avec impatience :

"Le danger, c'est que le jury britannique imperturbable condamne Wes Lacy sur la base de ces obligations."

"J'espère qu'ils le font", dis-je.

Elle me fit un sourire. "Tu dis ça parce que c'est un misérable, et tout le monde aime voir un misérable pendu.

"Mais je ne veux pas partager la responsabilité de le pendre. Les preuves sont insuffisantes. Si Wes est assez intelligent pour avoir commis ce double crime, il n'est pas raisonnable de supposer qu'il aurait laissé les obligations où n'importe qui aurait pu les trouver."

"Alors Harold les a peut-être placées", dis-je.

"Peut-être l'a-t-il fait. Mais je ne peux pas le condamner pour ça. Il y a aussi la possibilité que ni l'un ni l'autre n'ait commis les meurtres."

"Qui d'autre aurait pu le faire ?"

"Je ne sais pas. C'est ce que j'essaie de comprendre."

Nous avons dû poursuivre jusqu'à Southampton, bien sûr, au lieu de débarquer à Cherbourg. Les Anglais sont censés être une race plus stable et plus calme que nous, mais je dois dire qu'ils étaient tout aussi excités par l'affaire Lacy que les Américains auraient pu l'être. Heureusement, les quais de Southampton sont isolés de la ville par des portes, et en postant des gardes aux portes, les autorités ont pu empêcher la populace d'entrer. Le train de Londres longe le navire, et nous avons juste eu un aperçu des immenses foules depuis les fenêtres du train lorsque nous sommes partis.

On nous a dit que des milliers de personnes se rassemblaient déjà autour de la gare de Waterloo à Londres.

Cependant, les responsables ferroviaires les ont contournés en arrêtant le train à une petite gare peu utilisée appelée Vauxhall, d'où nous avons été transportés dans des taxis jusqu'à notre hôtel.

Mme. Storey et moi sommes allés au Carlton. La nouvelle s'est rapidement répandue, et des centaines de personnes ont commencé à se rassembler autour du bâtiment dans l'espoir de nous apercevoir. Tout comme à la maison.

Nous avons dû nous rendre à Scotland Yard et subir d'innombrables interrogatoires de la part des responsables de la C.I.D. Mme. Storey était connue d'eux de réputation, et ils étaient courtois et respectueux. Ce sont aussi de très bons hommes, mais naturellement, dans les circonstances, ils ne pouvaient pas faire avancer l'affaire d'un pas. Aux yeux du public, Wes Lacy était déjà aussi bon que pendu, mais aucun enquêteur professionnel n'était satisfait des preuves.

L'une des figures les plus étranges de l'affaire était la petite Mme Mackworth, la mère de Ronny, qui, en une seule fois, a perdu son seul fils et s'est trouvée être l'une des femmes les plus riches du monde. Le premier acte de Mme. Storey, lorsqu'elle a pu le faire, a été d'aller la voir. C'était purement par un élan de bonté, car la mère de Ronny ne pouvait avoir aucun lien avec les meurtres.

Elle vivait dans la banlieue de Croydon, dans une petite maison en briques jaunes noircie par la suie, l'une des innombrables maisons de ce genre bordant des deux côtés une rue incurvée. Je n'ai presque jamais vu une rue plus déprimante, mais je dois dire que chacune de ces horribles maisons avait un charmant jardin à l'arrière. Les Anglais sont passés maîtres dans l'art du jardinage.

Une femme de chambre nous a laissés entrer, et nous avons été conduits dans le jardin où une table de thé était dressée. Mme. Mackworth nous a reçus toute agitée. Elle était veuve, cinquante ans, je suppose ; elle avait été jolie d'une manière insignifiante, mais sa beauté était désormais très fanée. Une femme douce, faible, inefficace, elle pleurait copieusement tout le temps de notre visite.

Nous avons écouté l'histoire de la vie de Ronny depuis sa naissance. Elle a sorti ses photographies, et nous avons regardé Ronny en longues tenues de bébé et en courtes ; en tabliers, en culottes courtes et en pantalons. Mme. Mackworth avait une réserve de larmes fraîches pour presque chaque photo. Elle avait des raisons d'être fière ; Ronny avait été un bel enfant à chaque âge. Mme. Storey s'est montrée très gentille et compatissante envers la petite femme. C'était une visite épuisante.

Lorsque la nouvelle a été publiée dans les journaux selon laquelle elle avait hérité de la fortune Lacy, la pauvre petite femme a été presque rendue folle par les hordes de personnes qui se sont précipitées sur elle ; des reporters, des photographes de presse, des mendiants et des curieux en tout genre.

Après deux jours de cela, son avocat l'a fait sortir de la ville sans dire à personne où il l'emmenait.

Dès que Scotland Yard a dit qu'il en avait fini avec nous, Mme. Storey et moi avons pris l'avion pour Paris et nous sommes installés à l'hôtel Meurice sous de faux noms. Pour le moment, nous avons réussi à garder notre identité secrète. Mais cette misérable tragédie avait gâché tout le plaisir de ses vacances. Elle s'inquiétait constamment de l'affaire. Lorsque le procès serait appelé, nous nous attendions à retourner à Londres.

Un jour, elle a dit tout à coup :

"Mme. Mackworth est à Paris. Allons la voir."

Nous l'avons trouvée dans un modeste hôtel de la rue Jacob, où elle était connue sous le nom de Mme. Dare. Elle était sincèrement contente de nous voir. Elle a versé quelques larmes, mais les a bientôt essuyées. Elle était magnifiquement habillée. Elle se sentait obligée de s'excuser pour l'aspect peu reluisant de son environnement.

"Évidemment, j'aurais pu aller au Ritz, mais mon avocat a pensé qu'il était plus prudent de vivre ici sous un nom d'emprunt. La succession ne sera pas réglée avant des mois, mais on me dit que je peux avoir tout l'argent dont j'ai besoin. Je peux louer une voiture quand je veux, et je peux acheter des vêtements. C'est tout ce que j'ai à faire, car je ne connais personne à Paris, et mon avocat a dit que je devais être très prudente avec qui je parlais."

Et ainsi de suite. Et ainsi de suite. Comme un enfant. C'était une figure touchante. On tremblait pour son avenir.

Au bout d'une semaine, nous sommes retournés la voir. Le concierge du petit hôtel nous a dit que Madame Dare était partie. Elle n'a laissé aucune adresse. Mme. Storey a haussé les épaules.

Lorsque nous sommes rentrés au Meurice, elle a télégraphié en Angleterre, puis elle est allée au bureau central pour téléphoner. Elle ne m'a pas dit à ce moment-là ce dont il s'agissait, mais le lendemain matin, après avoir reçu un message d'Angleterre, elle a dit que nous partions pour Orléans dans une demi-heure.

"Pourquoi ?" ai-je demandé.

"Pour essayer de trouver Mme. Mackworth."

"Qu'a-t-elle à voir avec tout ça ?" ai-je crié.

"Je ne sais pas", a dit Mme. Storey de manière énigmatique. "Il y a quelque chose d'inexpliqué là-bas, et je compte bien découvrir ce que c'est."

Lorsque nous sommes arrivés à Orléans, l'oiseau avait pris son envol. Nous sommes allés à Lille, et de Lille à travers la France jusqu'à Toulouse ; puis tout le chemin du retour à Grenoble, une ville au pied des Alpes. D'après le style des télégrammes que Mme. Storey recevait, il était évident qu'elle faisait suivre la petite femme. Le succès avec lequel Mme. Mackworth nous échappait suggérait qu'elle avait aussi ses espions. Eh bien, quand il s'agit de cent millions, les dépenses ne sont pas un obstacle.

À Grenoble, nous l'avons rattrapée pendant une heure. En marchant le long de la petite place triangulaire qui forme le centre de la ville, nous l'avons vue regardant une vitrine de magasin de l'autre côté de la rue. Il est incroyable ce que les vêtements peuvent faire pour une femme ; dans une des élégantes robes noires avec un chapeau assorti, elle avait l'air presque jeune et belle. Mme. Storey m'a tiré dans une porte d'entrée avant qu'elle ne nous voie.

L'un des détectives de Mme. Storey a apporté la nouvelle à notre hôtel selon laquelle Mme. Mackworth se trouvait au Majestic. Il a été renvoyé pour l'observer et nous rendre compte lorsqu'elle sortirait à nouveau. Mme. Storey avait alors l'intention d'aller au Majestic et, si possible, de réserver une chambre à côté de celle de Mme. Mackworth.

Malheureusement, lorsque l'homme est revenu, c'était pour nous dire qu'une voiture était arrivée au Majestic, à partir de laquelle Mme. Mackworth avait quitté l'hôtel avec ses bagages et était partie en dehors de la ville. Notre homme a appris qu'elle avait loué. la voiture pour la conduire à Digne, une petite ville dans une vallée des Alpes, à une certaine distance de Grenoble.

Mme. Storey a fait venir une autre voiture. On lui a dit qu'il n'y avait qu'un seul garage en ville qui pouvait fournir des chauffeurs habitués aux routes alpines. Une voiture était prête à la porte en dix minutes, et nous ne pouvions pas être à plus d'une demi-heure derrière notre fugitive lorsque nous sommes partis. Dès notre sortie de la ville, nous avons entamé la première longue montée en zigzag dans les montagnes. Il était environ cinq heures.

Notre voiture était une vieille Renault berline, d'apparence usée, mais toujours capable d'atteindre une bonne vitesse. Le chauffeur était un Français sombre et poilu, de type méridional, à l'air très malfaisant. Il avait tendance à être sociable, trop sociable à mon goût, et a engagé une conversation avec Mme. Storey pendant la majeure partie du trajet, la tête à moitié tournée. Il parlait un patois grossier et je ne comprenais pas un mot.

Peu de temps après avoir quitté la ville, elle lui a fait arrêter la voiture à une station-service où elle a posé quelques questions. On lui a dit qu'une voiture similaire à la nôtre était passée peu de temps avant avec une seule femme à bord. À une deuxième station-service, on lui a dit la même chose. Convaincue alors que nous étions sur la bonne route, elle ne l'a plus fait arrêter, mais lui a demandé de rouler à toute vitesse.

Le temps s'écoulait. Nous avons traversé un col élevé après l'autre. Les paysages étaient merveilleusement beaux, mais j'avais peu de cœur à cela. La façon dont notre chauffeur se faufilait dans les virages avec des précipices effrayants à quelques centimètres des pneus me terrifiait. J'avais une profonde méfiance envers cet homme à la voix servile, bien que je puisse voir qu'il était un conducteur habile.

Enfin, à un moment où l'attention de notre chauffeur était complètement concentrée sur la route, j'ai chuchoté à Mme. Storey : "Je n'aime pas cet homme."

"Moi non plus," a-t-elle répondu avec la plus grande gaieté. "Et en plus, je pense qu'il prend la mauvaise route. Il passe devant les panneaux si vite que je ne peux pas les lire. Je n'ai pas de carte. Tout ce que je sais, c'est que Digne est sur la route de Nice, et je sais d'après l'apparence générale de la carte que Nice est au sud de Grenoble. Le soleil se couche à l'arrière. Il conduit vers l'est."

Elle lui a dit de ralentir lorsqu'il arriverait au prochain panneau indicateur, mais il est passé devant à pleine vitesse et a fait semblant d'avoir oublié. Il y avait des paysans qui travaillaient dans un champ à une courte distance devant nous, et elle lui a ordonné de s'arrêter pour pouvoir leur parler. Il lui a désobéi avec la plus grande tranquillité. Le visage de Mme. Storey s'est assombri. Elle n'a rien dit, mais a sorti le petit pistolet automatique qu'elle porte toujours dans son sac à main. J'ai frissonné.

C'était une région très peu peuplée, et quelques minutes se sont écoulées avant que nous ne voyions quelqu'un d'autre. Le soleil était maintenant couché. Nous aurions dû arriver à Digne avant cela. Enfin, une cabane rudimentaire est apparue, avec des paysans assis devant. Mme. Storey a ordonné à notre chauffeur de s'arrêter. Il a jeté un coup d'œil par-dessus son épaule, a vu le pistolet, et a freiné.

Lorsque Mme. Storey a demandé au paysan si nous étions sur la bonne route pour Digne, lui et ses femmes ont éclaté de rire. Pourquoi, Digne était à une bonne cinquantaine de kilomètres par-dessus les montagnes au sud. Pourquoi n'avait-il pas regardé les panneaux ?

Notre chauffeur s'est lancé dans une avalanche d'excuses et d'auto-reproches ; il a jeté sa casquette par terre et s'est arraché les cheveux. Comment avait-il pu être aussi idiot pour prendre la mauvaise direction ! Nous n'étions nullement dupés par cette démonstration. Il était clair qu'il ne nous voulait pas du bien.

Mais nous avons supposé que son objectif était simplement le vol, et Mme. Storey, étant armée, était confiante qu'elle pourrait gérer la situation. Il ne nous est jamais venu à l'esprit qu'il pourrait être payé par ceux qui essayaient d'enlever la pauvre Mme. Mackworth.

Elle a demandé le lieu le plus proche où nous pourrions passer la nuit et on lui a dit qu'il y avait un village à environ trente kilomètres devant nous et qu'il avait un bon hôtel. Elle a ensuite ordonné sévèrement au chauffeur de se remettre derrière le volant et de continuer à conduire.

Il faisait complètement nuit. Le ciel était très nuageux. Il n'y avait plus de conversation du siège avant, mais le chauffeur ralentissait de plus en plus, et Mme. Storey lui a ordonné brusquement de continuer.

Il nous a fait un sourire hideux par-dessus son épaule. Au lieu d'obéir, il a soudainement fait sortir la voiture de la route. En descendant, il est glissé sous le volant et est tombé du marchepied. Nous avons plongé. Je me suis entendue crier. En trois secondes, j'ai vécu cent morts.

CHAPITRE V. — MAUVAISE SURPRISE

C'est la remarquable célérité de Mme. Storey qui a sauvé nos vies à toutes deux. Elle parvint à ouvrir la porte, mais eut l'intelligence de ne pas s'élancer dehors, tout comme elle m'empêcha de le faire. Nos cerveaux auraient été pulvérisés contre les rochers. Elle attendit que la voiture plongeât dans l'eau. Le choc avec l'eau fit voler la porte ouverte de ses gonds. Puis, d'une manière ou d'une autre, elle parvint à sortir par la porte, me traînant derrière elle.

Nous remontâmes à la surface de l'eau. Elle plaqua une main sur ma bouche pour m'empêcher de crier à nouveau. Elle me chuchota d'une voix pressante à l'oreille :

"Il veillera à ce que nous soyons partis !"

Vous pouvez être sûr que je me tus alors.

Nous pagayâmes doucement jusqu'aux rochers, rampant le long du bord, gardant nos corps immergés, jusqu'à ce que nous arrivions à des buissons qui jetaient une ombre sur nos têtes. Là, nous nous maintînmes dans l'eau glaciale. Nous pouvions entendre l'homme descendant prudemment la pente, faisant tomber des pierres qui résonnaient devant lui.

Finalement, nous pouvions le distinguer vaguement, debout au bord de l'eau, regardant de tous côtés et écoutant. Je retenais mon souffle. Lorsqu'il fut certain que nous étions condamnées, il jeta son chapeau dans l'eau, puis, se laissant délibérément tomber dedans en se cramponnant aux rochers, il plongea sa tête sous l'eau. Puis, en remontant, il commença à s'agripper aux rochers en criant à l'aide. Le petit lac de montagne résonnait de ses cris.

Mme. Storey rit. "Quel acteur !"

Nous sortîmes de l'eau. Notre assassin avorté se mit à courir sur la route en direction du village, tout en criant. Nous essorâmes nos vêtements autant que possible et ranimâmes notre circulation en remontant vers la route. Nous nous dirigeâmes également vers le village.

En quelques minutes, nous vîmes des lumières dansantes approcher et entendîmes des voix. "Nous devons nous cacher", dit Mme. Storey.

Nous remontâmes le lit du torrent jusqu'à être bien au-dessus de la route, et nous nous assîmes pour observer.

Peu de temps après, les villageois vinrent en défilant le long de la route avec leurs lanternes. En tête, notre chauffeur titubait comme un homme ivre de chagrin, criant et se déchirant les cheveux. La colère bouillait en moi, et je priais pour que ce scélérat ait une fin funeste.

Lorsqu'ils furent partis, nous retournâmes sur la route. En dehors du village, la route bifurquait en une direction nord-sud. Le bras sud du poteau indicateur était marqué "Digne 58 kilomètres", et nous empruntâmes cette direction. Des chaînes de montagnes sombres barraient notre chemin ; il n'y avait aucune lumière dans cette direction, et j'avoue que mon cœur était lourd.

Cependant, au sommet de la première longue montée, nous croisâmes un camion qui montait de l'autre côté. Il était conduit par un jeune garçon qui chantait à tue-tête. Quelle surprise il eut lorsque ses phares éclairèrent deux femmes déguenillées sur la route ! Il s'arrêta, et Mme. Storey parla avec lui. Un jeune homme simple.

Il était allé à Nice avec une cargaison de laine et rentrait à vide. Il lui restait encore cent kilomètres à parcourir avant d'arriver chez lui. Ma patronne lui raconta une histoire très sommaire d'une agression sur la route et du vol de notre voiture. Il sembla la prendre au sérieux. Nous allions à Nice, dit-elle ; pourrait-il faire demi-tour et nous aider dans notre voyage ?

Il hésita, pensant à sa famille et à son dîner. Pourquoi ne pas nous laisser conduire jusqu'à Payol-sur-lac ? Il y avait un hôtel. Il avait tout juste assez d'essence pour rentrer chez lui. Mme. Storey lui assura qu'elle achèterait l'essence, et le rémunérerait généreusement pour son temps.

"J'ai de l'argent caché sur moi que les voleurs n'ont pas remarqué", dit-elle.

Finalement, il consentit, et nous montâmes sur le siège à côté de lui. Je ne pense pas qu'il ait découvert que nos vêtements étaient mouillés, mais en tout cas, il nous donna une couverture que nous enveloppâmes autour de nous deux. Il fit demi-tour avec son camion et nous dévalâmes l'autre versant de la colline. Mme. Storey fit tout pour le séduire, ce qui ne fut pas bien difficile. Il s'appelait Henri.

Lorsque nous atteignîmes Digne deux heures plus tard, il était son esclave. Il nous fit comprendre de manière subtile qu'il y avait un certain mystère lié à nos déplacements, et qu'il devait protéger notre secret. Il prêta serment d'allégeance éternelle, et annonça qu'il nous conduirait à Nice si ma patronne daignait utiliser un moyen de transport aussi rustique. La fatigue était inconnue pour lui. Pourquoi ne pas rouler toute la nuit ?

Nous arrivâmes à Nice à l'aube et nous fîmes transporter dans un petit hôtel du quartier italien, si modeste que notre état négligé ne serait pas trop remarqué. Henri était très réticent à nous quitter. Il était sûr que nous aurions besoin de ses services plus tard. Nous pouvions lui faire confiance jusqu'à la mort.

Mme. Storey lui rappela qu'il devait penser à sa famille. Pendant ce temps, elle s'était procuré une carte, et elle remit une lettre à Henri qui, pour certaines raisons mystérieuses, devait absolument être postée dans un certain village à l'est de son itinéraire habituel de retour chez lui. Ainsi, elle le maintenait hors de Payol-sur-lac.

Dès que les magasins ouvrirent, nous achetâmes des vêtements et déménageâmes dans un logement de meilleure qualité, mais toujours dans le quartier italien, la partie la plus ancienne et la plus pauvre de la ville. Il était peu probable que nous y croisions quelqu'un qui nous connaissait.

En raison de notre accident, Mme. Storey avait perdu contact avec ses agents. Mais comme il était devenu de plus en plus évident que ses agents étaient sous la surveillance d'agents d'une autre personne, elle les laissa partir. Ayant visité la Côte d'Azur à plusieurs reprises, elle connaissait le chef de la police de Nice, et elle lui envoya un mot. L'homme en personne vint nous rendre visite dans notre humble hôtel pendant l'après-midi, vêtu de manière très sobre et dissimulé davantage par une paire de lunettes de soleil.

Mme. Storey lui raconta ce qui nous était arrivé ; à en juger par ses jurons et par la manière dont ses yeux étincelaient, je compris que le scélérat Marbaud allait être châtié, c'était certain. Cependant, cela devait attendre pour l'instant.

"Cette Anglaise est manifestement tombée entre les mains de criminels", dit Mme. Storey au chef de police. "Je ne sais pas encore quel est leur jeu, bien que j'aie mes soupçons. Quoi qu'il en soit, puisque le meurtre de son fils et de la femme de son fils n'a pas été résolu de manière satisfaisante, il nous appartient de découvrir ce qui se passe."

"Assurément, Madame !"

Il était tout à fait simple pour la police de retrouver Mme. Mackworth. Une heure après nous avoir quittées, le chef de la police a pu téléphoner à Mme. Storey qu'elle était enregistrée à l'Hôtel Negresco sous le nom de Mme. Thomas. Elle avait réservé une place pour la représentation de "Faust" au Casino ce soir-là. À cette nouvelle, Mme. Storey prit des dispositions avec lui pour nous introduire à l'hôtel pendant l'absence de Mme. Mackworth.

Avec le soutien de la police, tout était très simple. Les personnes qui occupaient la chambre à côté de celle de Mme. Mackworth furent déplacées vers une autre partie de l'hôtel, et à dix heures, Mme. Storey et moi fûmes conduites par une entrée de service, montées par un ascenseur de service et introduites dans la chambre sans avoir rencontré personne. Notre chambre avait une porte communicante avec celle de Mme. Mackworth, verrouillée bien sûr. Ma patronne en avait la clé. De plus, elle avait emprunté un pistolet à la police.

Si, comme les Américains aiment à le dire, Nice est la ville d'été de la France sur la Méditerranée, le Negresco est le Ritz de Nice. Plutôt démodé selon nos normes, c'est encore un hôtel magnifique occupant l'emplacement le plus privilégié sur le front de mer. Mme. Mackworth avait pris l'une des meilleures chambres donnant sur la mer. Apparemment, la petite femme allait se montrer.

Mme. Storey s'assit près de la porte communicante d'où elle pouvait entendre tout ce qui se passait dans la pièce voisine. Je me suis dirigée vers la fenêtre de notre chambre pour observer la foule qui se pressait sur la promenade.

Peu après onze heures, ma patronne me sourit, et ses lèvres formèrent les mots : "Elle est rentrée à la maison." Quelques minutes plus tard : "Elle a un visiteur."

Mme. Storey prit le téléphone et je me suis approchée de la porte pour écouter. J'entendis le grondement de la voix d'un homme dans la chambre de Mme. Mackworth, mais je ne pouvais pas distinguer ce qu'il disait. Pendant ce temps, ma patronne téléphonait à l'agent de police qui attendait un tel appel, pour lui dire de se positionner devant la porte de Mme. Mackworth, de ne laisser personne sortir. Il devait frapper légèrement à notre porte lorsqu'il viendrait, pour nous informer qu'il était en poste.

Nous avons entendu son signal. Mme. Storey, tenant le pistolet dans sa main mais le gardant derrière elle, s'est approchée de la porte communicante. Elle a inséré la clé doucement, l'a tournée et a ouvert la porte. Aussi rapide qu'elle était, l'homme dans la pièce voisine était plus rapide. Il était parti quand nous avons regardé à l'intérieur. Nous avions entendu une porte se refermer. Comme aucun bruit ne venait du couloir, nous savions qu'il avait dû se glisser dans la salle de bain.

Mme. Mackworth, vêtue d'une charmante robe de soirée, les cheveux retouchés et coiffés par un maître coiffeur, nous regarda avec stupeur. Sa surprise fut si totale qu'un moment s'écoula avant qu'elle nous reconnaisse.

"Madame... Madame Storey !" bafouilla-t-elle.

"Désolée de débarquer ainsi chez vous", dit ma patronne, "mais je dois voir votre visiteur."

La main de Mme. Mackworth alla à sa gorge. Elle avala difficilement. "Je... je n'ai pas de visiteur", murmura-t-elle d'une voix rauque.

Mme. Storey pointa silencieusement vers un élégant chapeau de Panama, un manteau léger et une canne en malacca posés sur une chaise. Mme. Mackworth abandonna. Elle commença à trembler et à pleurer de manière pitoyable.

"Ouvrez la porte de la salle de bain", dit Mme. Storey. "Parlez-lui d'abord, sinon il pourrait décider de vous tirer dessus par erreur."

La malheureuse traversa la pièce. Ses jambes peinaient à la soutenir. À la porte, elle hésita :

"Sortez. Ça ne sert à rien."

Mme. Storey prit position derrière la porte pour rester hors de vue lorsqu'elle s'ouvrirait. Il sortit. Lui aussi était armé. Mme. Storey dit d'un ton sec :

"Lâchez ce pistolet ou je tire !"

En se retournant, il vit qu'elle le visait. Le pistolet tomba bruyamment sur le sol et je m'en emparai.

C'était Ronald Mackworth. Il avait teint ses cheveux, ajouté une moustache blonde et, d'une manière ou d'une autre, blanchi sa peau bronzée. Son apparence avait considérablement changé, mais il ne pouvait pas dissimuler sa beauté.

"Mme. Storey ! Quelle surprise !" dit-il impudemment.

"Le mot 'surprise' n'est pas suffisant !" répliqua-t-elle sèchement.

Elle me regarda, et je me dirigeai vers la porte du hall pour appeler l'agent de police. Mme. Storey lui dit :

"Vous devez arrêter ce monsieur. Mettez-lui les menottes."

Mme. Mackworth s'effondra sur un canapé en poussant un cri pitoyable.

Ronny recula en montrant les dents. Mais le pistolet de Mme. Storey était toujours pointé sur lui.

"Dois-je subir cette humiliation ?" murmura-t-il.

"Eh bien, naturellement", dit ma patronne. "Vous savez pourquoi on vous recherche."

"Vous croyez que je suis un meurtrier", dit-il, "mais ce n'est pas vrai ! Mère", cria-t-il de manière théâtrale, "croyez-vous que j'ai fait cela ?"

"Non ! Non ! Non !" sanglota-t-elle.

Mme. Storey fit signe à l'agent de police de faire son devoir et les menottes en acier cliquèrent autour des poignets élégants de Ronny. Il grinça des dents de désespoir.

"Donc, vous êtes innocent", dit Mme. Storey sèchement.

"Je le suis."

"Voulez-vous expliquer votre extraordinaire disparition après la tragédie ?"

Il avait retrouvé son assurance. Il haussa les épaules.

"Je vais devoir l'expliquer à la police. Pourquoi ne pas vous le dire ? Puis-je fumer ?"

Mme. Storey tendit une cigarette à l'agent de police, qui la plaça dans la bouche de Ronny et l'alluma. Il en tira une bouffée profonde.

"Je dois avouer la tricherie et la tromperie", commença-t-il d'une voix anglaise cultivée, "mais pas le meurtre. Qui étais-je ? Un acteur sans le sou, même pas un bon acteur. Mon visage était ma fortune, comme disait la fermière. Cette vieille femme riche est tombée amoureuse de moi et m'a demandé en mariage. Qui aurait refusé une telle opportunité ? J'ai dit que je le ferais, bien que j'étais amoureux d'une autre femme. L'autre femme m'a encouragé à l'épouser. Elle ne vivrait pas éternellement, nous nous le disions mutuellement."

"Oui, oui", dit Mme. Storey avec impatience. "C'est une histoire banale. Mais comment avez-vous réussi à disparaître ?"

Il sourit. "Eh bien, c'est quelque chose de pouvoir tromper Mme. Storey. J'ai réservé deux fois sur le Baratoria sous deux noms différents et dans deux classes différentes, en première classe et en classe touriste. On m'a fourni deux passeports, deux ensembles de bagages et en fait, deux femmes, et un enfant en classe touriste. J'étais deux personnes totalement différentes."

"Quel était votre nom dans votre deuxième incarnation ?"

Il hésita à cette question, fronçant les sourcils.

"Autant me le dire. Il y en a des centaines pour vous identifier."

Il haussa les épaules. "John Thurlow."

"Quel était le but de cette tromperie élaborée si vous n'aviez pas l'intention de tuer Mme. Lacy ?"

"Simplement pour ne pas être séparé de l'autre. Je voulais pouvoir la visiter pendant le voyage."

"Comment auriez-vous pu la visiter ?"

"Les passagers de première classe sont autorisés à se promener librement sur le navire. J'aurais pu me rendre dans sa cabine, revêtir mon déguisement et me montrer sur le pont avec elle."

"Étiez-vous marié à elle ?"

"Non. J'aurais aimé, si j'avais pu. Elle avait un mari en vie."

"Et l'enfant ?"

"Le sien."

"Comment avez-vous commencé l'entreprise ?"

"Facilement. John Thurlow, sa femme et son enfant ont embarqué dans la section touriste du Baratoria deux heures avant son départ, comme le font de nombreux passagers. Après m'être montré partout sur le navire, j'ai enlevé mon déguisement dans ma cabine - tellement de monde déambulant sur le navire que personne n'a remarqué le nouveau visage - et je suis retourné discrètement au quai. Là, j'ai retrouvé mon domestique qui avait descendu mes bagages, nous sommes montés à bord par l'escalier de première classe et nous nous sommes installés."

"Très ingénieux", dit Mme. Storey. "Et qu'est-il arrivé cette nuit-là ?"

"Quand j'ai d'abord remarqué l'absence de ma femme - je veux dire ma vraie femme -, je suis parti à sa recherche à travers le navire. Je vous ai rencontrée, vous et Mlle Brickley, vous vous en souvenez. Ne la trouvant pas, je suis retourné dans la suite impériale pour l'attendre. Quand elle n'est pas revenue, je me suis inquiété. J'ai remarqué, ce que j'avais manqué au début, une tache humide sur le sol qui suggérait que du sang avait pu être répandu là et plus tard nettoyé.

"J'avais toutes les raisons de soupçonner les neveux de ma femme par mariage. Ne sachant pas qu'elle avait déjà fait un testament en ma faveur, j'ai deviné qu'ils l'avaient éliminée. Eh bien, puisque le testament était en ma faveur, je savais que je ne parviendrais jamais à convaincre le monde que je ne l'avais pas tuée, et la manière la plus simple de sortir de là semblait être de faire croire qu'ils m'avaient tué aussi. Donc, en laissant mes vêtements là-bas, j'ai emprunté des passages peu fréquentés pour retourner à la classe touristique ; j'ai repris mon déguisement et je suis resté là-bas pendant tout le voyage."

"Naturellement, vous aviez l'avantage de la femme et de l'enfant fictifs pour plus de camouflage."

"Exactement."

"Et au cours des derniers jours, vous avez essayé de prendre contact avec votre mère pour obtenir de l'argent."

"Bien sûr, j'avais besoin d'argent", a-t-il admis froidement.

"Vous comptiez sur le fait que votre mère devrait vous soutenir."

Il haussa les épaules.

"Eh bien, c'est ma mère."

"Cependant, vous avez commis une erreur en essayant de me faire tuer", poursuivit Mme. Storey d'une voix aussi sèche. "Cela me rend un peu peu sympathique à votre histoire."

"Je ne sais pas ce que vous voulez dire", a-t-il dit, essayant de la fixer du regard.

"Peu importe", dit-elle.

Bien sûr, elle ne croyait pas à son histoire absurde, qui, après tout, incluait tant de choses qui étaient vraies. Il ne s'attendait pas à ce qu'elle le croie. Ce en quoi il comptait, c'était que aucun jury ne condamne en l'absence du corps.

"Encore une question", dit Mme. Storey. "Quel était le numéro de la cabine de la classe touriste occupée par les Thurlow ?"

Il hésita à nouveau pendant une fraction de seconde, mais réfléchissant que cela finirait par être découvert de toute façon, il répondit : "437."

"Bella", dit Mme. Storey, "il y a une agence de tourisme dans l'hôtel. Elle sera bien sûr fermée à cette heure-ci, mais je veux que vous essayiez de trouver la personne en charge. Si vous pouvez le joindre, obtenez de lui un plan de la cabine du navire Baratoria."

Je les quittai. Je découvris que l'agent de tourisme occupait une petite pièce de l'hôtel, et par grande chance, je le trouvai au lit. En moins d'une demi-heure, je suis revenue dans la chambre de Mme. Mackworth avec le plan souhaité.

Mme. Storey l'a étalé sur la table, l'a examiné, a compté les sabords marqués sur chaque pont de la proue à la poupe. Le menotté Ronny essaya de sourire, mais il y avait de l'anxiété dans ses yeux. Finalement, Mme. Storey dit :

"Je constate que la cabine 437 de la classe touriste se trouve sur le pont 'D', immédiatement sous la chambre principale de la suite impériale sur le pont 'B'. Je suppose que vous, en tant que Thurlow, avez fait en sorte de le réserver. Ce qui s'est passé est désormais clair pour moi. Laissez-moi vous raconter mon histoire."

"Allez-y", dit Ronny.

"Vous avez poignardé votre femme dès que vous vous êtes retrouvés seuls. Vous avez abaissé son corps dans la mer avec un morceau de cor

de de chanvre que vous aviez apporté à cet effet, et jeté la corde après elle. Vous avez ensuite fait semblant de fouiller le navire à sa recherche. Cela devait fournir des preuves que vous étiez morte avant elle, de sorte que vous puissiez hériter sans contestation.

"J'imagine que votre plan a été une question de développement progressif. Seule cette explication peut justifier le fait que la deuxième corde que vous avez achetée était d'un autre type. Il s'agissait d'une corde en coton, un morceau deux fois plus long que nécessaire. Au milieu de ce morceau, vous avez fait un nœud coulant au-dessus du hublot, et laissé le mou à l'extérieur du navire.

"Vous vous êtes ensuite abaissé le long de la corde - supposons qu'elle avait des nœuds, jusqu'à ce que vous soyez en face du hublot de la cabine 437. Là, la dame qui passait pour Mme Thurlow vous a tiré à l'intérieur.

"Vous n'aviez plus qu'à tirer sur l'extrémité libre de la corde, emporter le nœud coulant ci-dessus, et jeter la corde dans la mer.

"Un plan très audacieux, mais je suppose que l'enjeu de cent millions et la liberté le justifiaient."

La tête de Ronny s'était affaissée entre ses épaules. Il respirait fort et montrait les dents. Pas très beau à ce moment-là. Mais il a quand même essayé de braver la situation.

"Nous verrons !", railla-t-il.

Nous avons vu. Comme chacun le sait, il a été pendu. Il se trouve que sa femme passagère n'était pas réellement mariée à lui. Par conséquent, en vertu des curieuses lois de l'héritage, Mme. Mackworth, pauvre petite femme, continue de posséder la grande fortune Lacy. Eh bien, il vaut mieux qu'elle l'ait que les deux neveux faibles.

FIN